CENIZAS DE GUERRA

AGENTE ESPECIAL AINARA PONS N° 14

RAÚL GARBANTES

amazon.com/author/raulgarbantes

goodreads.com/raulgarbantes

instagram.com/raulgarbantes

facebook.com/autorraulgarbantes

x.com/rgarbantes

Obtén una copia digital GRATIS de *Miedo en los ojos* y mantente informado sobre futuras publicaciones de Raúl Garbantes. Suscríbete en este enlace: https://raulgarbantes.com/miedogratis

ÍNDICE

PRÓLOGO

ASCENSO AL CAOS

Uno de los parques eólicos de Oklahoma se alzaba bajo la tormenta. Era de noche. Decenas de turbinas blancas cortaban el cielo con sus aspas gigantes, que generaban un sonido constante que se mezclaba con el rugido del viento. La lluvia golpeaba el suelo embarrado mientras los rayos iluminaban de forma intermitente la desolación del lugar.

Una compuerta metálica circular se abrió en el suelo. Ainara Pons emergió del túnel subterráneo, empapándose al instante. Su respiración formaba vaho en el aire frío mientras evaluaba el terreno. Frente a ella se alzaba su objetivo: una torre eólica de sesenta metros de altura. Su estructura cilíndrica blanca desaparecía en la oscuridad superior.

Caminó alrededor de la base, buscando una entrada. El barro se adhería a sus botas tácticas mientras inspeccionaba cada centímetro de la superficie lisa. No había puertas ni paneles de acceso. Solo una escalerilla metá-

1

lica externa, angosta y traicionera bajo la lluvia torrencial.

«No hay alternativa», murmuró, asegurando su Magnum en la cintura.

Comenzó el ascenso. Los primeros peldaños estaban resbaladizos por el agua acumulada. Cada movimiento requería concentración total mientras sus manos se aferraban al metal húmedo. A los diez metros de altura, el viento se intensificó brutalmente. Las ráfagas la empujaban contra la torre, amenazando con arrancarla de la escalera.

Un zumbido mecánico cortó el aire.

Ainara giró la cabeza. Un dron militar, del tamaño de un águila, volaba en círculos a su alrededor. Sus sensores rojos parpadeaban mientras se acercaba. Sin previo aviso, se lanzó directo contra ella.

Soltó una mano de la escalera y golpeó el dispositivo con el puño. El dron perdió estabilidad, cayendo en espiral antes de recuperar el control y ascender de nuevo. Ainara desenfundó su arma y disparó. El proyectil destrozó los rotores de la aeronave, que se precipitó a tierra.

Guardó el arma y continuó subiendo. Unos veinte metros por encima de su posición divisó una plataforma de mantenimiento que rodeaba la torre. Podría descansar allí antes del tramo final. Pero otro zumbido, más intenso, la alertó.

Se giró justo a tiempo. Un segundo dron se acercaba por la espalda a velocidad de ataque. Ainara se echó hacia un lado y lo golpeó con el codo. El aparato descendió en zigzag, pero no era el único.

Tres drones más aparecieron entre la lluvia, formando un patrón de ataque coordinado. Sus luces rojas creaban destellos amenazantes mientras se acercaban desde diferentes ángulos.

Ainara volvió a sacar la Magnum. Disparó al primero, acertando en el centro. El segundo recibió un culatazo que lo envió contra la torre. El tercero logró impactar en su pantorrilla izquierda antes de que pudiera neutralizarlo. El dolor la hizo perder el equilibrio. Sus pies embarrados resbalaron y quedó colgando de una sola mano, balanceándose peligrosamente sobre el vacío.

Se impulsó hacia arriba y volvió a aferrarse con ambas manos. Más zumbidos la sorprendieron. Una docena de drones emergió de la tormenta, rodeándola como depredadores hambrientos.

Ya no podía usar el arma. Guardó la Magnum y aceleró el ritmo de ascenso. Con cada peldaño, los impactos en la espalda y los brazos venían de uno y otro lado. Cuando soltaba una mano para agarrar el siguiente escalón, la agitaba para alejar a los atacantes. Algunos caían, otros esquivaban sus golpes.

El silbido característico de las aspas gigantes se intensificó. Estaba cerca de la zona de barrido de la turbina principal. Las palas de fibra de carbono, de cuarenta metros de longitud, cortaban el aire a velocidad letal. Los drones tenían que maniobrar para evitarlas, lo que le daba pequeños respiros.

Uno de estos aparatos le golpeó la cabeza de lleno. De manera instintiva, levantó el brazo para protegerse, recibiendo el impacto completo. Su brazo derecho comenzó a sangrar, pero logró continuar.

Estaba empapada y le costaba ver. Cuando aferró de nuevo el metal, un dron le dio en la mano y otro en los pies. Perdió el agarre por segunda vez y quedó colgando. Se balanceó en el vacío y giró hasta chocar la espalda contra la pared. Recién entonces se dio cuenta de la magnitud de la amenaza: decenas de esas pequeñas aeronaves la rodeaban.

Miró hacia arriba. A pesar de la lluvia en los ojos, logró ver que la plataforma estaba cerca. Se fijó en lo que había abajo: una caída de al menos cuarenta metros. Una de las aspas gigantes pasó silbando y destruyó varios drones a su paso, pero aún quedaban demasiados.

A lo lejos se acercaba un dron distinto, más grande. Cuando vio que algunos se lanzaban hacia ella, forzó la muñeca al máximo, pivotó y giró para quedar de nuevo de frente a la escalera. Los que venían a embestirla chocaron contra la pared donde había estado segundos antes.

Se aferró de nuevo y quiso subir rápido. Ya casi estaba a resguardo, pero ese dron extraño, el más grande de todos, le preocupaba. Escuchó cómo el ruido se acercaba y miró. Se inclinó a un lado para esquivar a su atacante. Este chocó junto a ella y explotó.

La escalera se desprendió de la pared. La onda expansiva la aturdió y su visión se nubló. Sus manos y piernas se aflojaron. No tenía más fuerza.

Ainara Pons se soltó y se precipitó de espaldas, con la lluvia golpeando su rostro inconsciente, hacia lo que parecía ser su final.

PROTOCOLO CERO

Puerto de Miami, Florida
Domingo, 3 de septiembre, 11:40 a. m.

Un hombre, su esposa y su hijo están en el puerto de Miami. El padre se acomoda los lentes. Se esmera en leer las instrucciones de un pequeño manual.

Su hijo, mientras tanto, está ansioso por utilizar el nuevo juguete y quiere que su padre se apure. Se lo obsequiaron ayer para su cumpleaños número diez, pero tuvo que esperar hasta hoy para estrenarlo debido a la cantidad de niños que asistieron a la celebración. De todos modos, es como si lo hubiera comprado para él mismo.

Es un dron.

La excusa que puso para retrasar su estreno fue que quería usarlo en un lugar despejado, sin demasiados árboles alrededor. El día está soleado, la temperatura agradable y el espacio es abierto. Es el momento y lugar perfectos para el primer vuelo.

—Apresúrate ya con eso, Michael —dice la mujer mientras presiona a su marido; siente que se demora adrede—. Tu hijo espera esto desde ayer.

—Lo sé, mi amor —le responde sin dejar de leer el manual—, pero sabes que esto ha costado mucho y odiaría que lo perdiéramos en un accidente.

—Por favor, papá —reclama el niño y lo tironea de la manga de la camisa—, ya he manejado el de mi amigo Robin. No es para nada difícil.

El hombre lo mira y duda un instante. Se resiste a comprender que los niños de hoy tienen más facilidad que los adultos para esas cosas. Ya leyó el manual dos veces y ahora observa su móvil. Ya instaló la aplicación para comandar el dispositivo desde temprano. Podrá ver en directo lo que observa la cámara del dron.

Sabe que más tarde o más temprano deberá ceder el control al niño, así que, al fin, aunque le cuesta soltar el móvil, se lo entrega a su hijo.

—Con cuidado, William —le explica cuando ve al niño mover rápido los dedos en el teléfono—. Primero enciéndelo y luego hazlo subir muy despacio…

—Ya sé, papá —lo interrumpe el hijo, quien, sin dudar, ha activado el dron y lo eleva con seguridad, como si lo hiciera todos los días.

El niño y la madre sonríen, pero al padre se le ve preocupado. Cuando Michael era niño, los juguetes eran muy diferentes, y los aparatos electrónicos más sofisticados para niños eran demasiado costosos. A eso se debe su excesiva preocupación.

Su hijo no tiene ninguna dificultad para maniobrarlo. El dron va de aquí para allá y lo disfruta. Michael leyó en las instrucciones que puede volar hasta doscientos cincuenta metros sin perder la conexión. Piensa que eso es demasiada distancia para su vista.

—Que no se aleje mucho —le dice a su hijo.

—No, papá —le responde William sin mirarlo. Está maravillado con su regalo. Lo hace volar sobre el mar, haciéndolo volver como todo un experto.

En un momento dado, la madre, que permanece mirando el rostro de felicidad de su hijo, ve que el gesto le cambia. Algo pasa.

—¿Qué sucede, William? —le pregunta y da un paso hacia él.

—No sé, mamá —contesta el niño mientras el aparato empieza a alejarse—, los controles no me hacen caso.

—A ver —dice el padre y le quita el móvil al niño sin darle tiempo a que lo vuelva a intentar—, te dije que no lo alejaras tanto.

—Es que no lo hice, papá —responde el niño y se queja—. El dron empezó a ir solo.

—No puede ser —protesta el hombre y le da fuerte con los dedos al móvil—, algo debe estar mal con esta aplicación.

El dron se adentra en el mar y vuela sobre unos veleros. Michael se desespera. Ni siquiera piensa en el niño. No quiere perder el dinero que invirtió en ese artefacto la primera vez que lo utilizan.

—Papá —lo llama el niño otra vez y lo toma de la manga de la camisa.

—Espera, William —le responde sin mirarlo—. No sé qué diablos le pasa a esta porquería.

—Papá —insiste el niño—, mira.

El hombre primero observa a su hijo y luego dirige la mirada hacia donde el pequeño le señala. La madre hace lo mismo y ambos se quedan con la boca abierta.

Ven que sobre su cabeza pasan un par de drones de distintos tamaños que vuelan en la misma dirección. Recién entonces advierten que, desde distintos lugares, provienen drones que siguen dicha ruta. Todos se estacionan en el aire alrededor de un buque carguero. Hay quizás una docena de esos artefactos.

De repente, aparece algo más extraño. Es como un enjambre de drones en formación que vienen desde la izquierda. No pueden calcular la cantidad, pero seguro que son más de cincuenta. Todos se detienen alrededor del buque y lo rodean. Michael y su mujer se miran sin comprender. Su dron se ha perdido entre los demás.

Entonces, todos a la vez, se lanzan en picada hacia el buque. Empiezan a sucederse explosiones. Los padres abrazan al niño para protegerlo; están bastante cerca de la embarcación. El fuego comienza a arder.

—¿Qué pasa, papá? —dice el niño cuando una violenta explosión en el buque los hace caer al suelo.

—No sé, hijo —responde Michael—, no sé.

El hombre ayuda a su familia a levantarse, y se alejan del lugar. Detrás de ellos, el barco, en llamas, comienza a hundirse.

2

CÓDIGOS ROJOS

MANHATTAN, Nueva York
Lunes, 4 de septiembre, 9:30 a. m.

LA MAÑANA ESTÁ clara y fresca. Corro por el Central Park como lo hago día a día. Debo mantenerme en forma y me hace bien estar al aire libre. Bob se ha quedado en casa. Lo he sacado más temprano para hacer sus necesidades, pero lo he llevado de vuelta al piso. Hace tiempo desistí de traerlo a correr conmigo. Las últimas veces se fatigaba enseguida. Cuando era cachorro, le encantaba acompañarme, pero ahora ya no tiene demasiadas ganas, así que prefiero no forzarlo. No lo veo bien. El tiempo pasa sin que me dé cuenta; todos estamos más viejos, incluso Bob.

Suena el móvil. Lo llevo en un estuche sujeto a mi brazo derecho. Me detengo para ver quién es. Mi número de teléfono no aparece en ninguna base de datos.

Andrew se encargó de eso, así que cuando recibo una llamada, es de alguien que conozco y siempre por trabajo.

No tengo vida social: nadie me llama solo para charlar. Esta vez se trata de Freddy. Lo atiendo mientras sigo caminando. Necesito que mis pulsaciones y mi respiración se normalicen de a poco.

—Hola, Ainara —me saluda—, espero no interrumpirte.

—Para nada —contesto. Freddy debe estar escuchando mi respiración acelerada—, solo entrenaba. ¿Necesitas algo?

—En realidad, sí —me responde—. Necesito a Andrew y quería pedirte permiso para que me lo prestes.

Sonrío al escuchar su petición, como si Andrew fuera una herramienta que pedirías para arreglar tu casa. Freddy sabe que puede solicitarle directamente a Andrew lo que quiera, aunque pasa primero por mí como una forma cortés para evitar malentendidos.

—Por supuesto —contesto—, no estamos en medio de nada en este momento, así que podrá ayudarte sin problema. ¿Ha sucedido algo?

—Sí —me explica—. Nada que tenga que ver con nosotros, pero les preocupa a los directores, y han pedido ayuda a varios jefes de distintas ciudades.

—Y entre esos jefes estás tú —digo.

—Ya sabes cómo es esto —prosigue—. El director Smith confía en mí y me llama cada vez que se le presenta algo importante.

—Sigues siendo el jefe estrella —le digo en broma—.

¿Pero qué ha pasado para que todo el FBI esté preocupado?

—Hubo un atentado ayer en Miami —me cuenta—. Atacaron un buque que estaba en el muelle con un cargamento de tecnología de la marca NeuraTech. Todavía no tengo los datos precisos sobre lo que contenía, pero por las características del ataque creo que Andrew podría ayudarme.

—¿Hubo algún tipo de hackeo? —pregunto.

Si necesita a Andrew, es por algo relacionado con eso. Freddy confía más en las habilidades de nuestro *hacker* que en las del FBI.

—Sí —contesta—, lo hubo.

—¿Y qué hace que un hackeo llame tanto la atención de los directores como para que no se encargue únicamente el FBI de Florida? —insisto, interesada.

Por lo general, los casos de delitos federales los investiga la oficina local del FBI. Ellos tienen expertos en esos temas. Pero si se movilizan en el ámbito nacional y requieren la ayuda de jefes de distintos estados, es porque presumen que se trata de algo más grande.

—El formato del atentado es algo nunca visto antes —me aclara Freddy—. Esto disparó las alertas en todo el país.

—Explícate —le digo y me detengo.

Sus palabras han captado mi atención y quiero saber más. Como siempre que mi instinto me indica que hay algún peligro, miro a mi alrededor para verificar que no haya nadie vigilándome. Es exagerado, porque de lo que estoy hablando no tiene que ver conmigo, pero cuando tengo esa sensación, no puedo dejar de ponerme en modo de defensa.

—Hackearon alrededor de cien drones civiles de manera simultánea —continúa Freddy—, y nadie entiende cómo pudo hacerse algo así. No se trata de Internet ni de ninguna red cerrada. Intervinieron un centenar de drones de manera independiente, sin ninguna conexión entre sí que pudiera reconocerse. Estos drones embistieron el buque y lo hicieron estallar.

»Como te dije antes, aún no tengo toda la información. Pero los expertos de Florida dijeron que no se trata de ninguna tecnología conocida. Es algo nuevo y, por lo tanto, requiere la máxima prioridad. Quien haya hecho algo así está en condiciones de hacer casi cualquier cosa.

»Por eso incluso la CIA está involucrada en el tema. No sabemos si el autor del atentado es alguien de aquí, impulsado por un motivo económico, o si es una potencia extranjera. Este podría ser el primero de muchos ataques similares, y el Departamento de Defensa quiere que descubramos contra qué nos enfrentamos antes de que nos tomen por sorpresa.

—¡Vaya! —exclamo—, ¡linda forma de comenzar la semana! Una alerta nacional no es algo de todos los días.

—Claro que no —agrega Freddy—. Por el momento, el Gobierno está aplicando el protocolo de control de daños para que la prensa no divulgue teorías que alarmen a la población. Hay varios videos subidos por el público a las redes sociales que han cancelado de inmediato antes de volverse virales. Cuando la palabra «terrorismo» aparece en primera plana, cosas malas suceden.

—Es verdad —le contesto.

Pienso en las implicancias de algo así. Si la gente cree que el país está bajo ataque, el pánico puede causar más daño que el ataque en sí. De eso se trata el terrorismo: causar terror más allá de la magnitud de las acciones que lo generen.

—Dile a Andrew —agrego— que deje lo que esté haciendo y se dedique a ayudarte. Avísame de cualquier novedad que tengas. Si hay algo que se pueda hacer, quiero ser la primera en moverme.

—Sabía que me responderías eso —dice Freddy y lo imagino sonriendo al otro lado del teléfono.

—Ahora me doy cuenta —le digo también sonriendo—. Tu petición de Andrew no fue solo una cortesía. Me lanzaste un anzuelo y lo mordí. Querías que yo me involucrara.

—No me digas eso, amiga —me contesta, pero no puede ocultar una risa—. Nunca te manipularía así.

3

FANTASMAS DIGITALES

Búnker de Andrew, Nueva York
Lunes, 4 de septiembre, 11:10 a. m.

Hace un rato he recibido una llamada de Andrew; me ha pedido que viniera a su búnker porque había encontrado algo interesante. No me adelantó nada al respecto, así que he venido de inmediato. La charla con Freddy ya me ha dejado bastante intrigada y espero tener noticias al respecto.

Al llegar, Freddy ya está aquí. El búnker está cada vez más equipado. Veo un artefacto desarmado sobre una mesa metálica. Es un dron.

—¿Qué está pasando? —les pregunto.

—En el atentado del domingo —explica Freddy—, varios drones no llegaron a destino. Tenemos información de que todos los drones que estaban encendidos a dos kilómetros a la redonda despegaron y se dirigieron al puerto. Algunos de ellos no tenían suficiente carga en la batería y cayeron antes de llegar a destino. Este amiguito es uno de ellos.

Freddy señala el dron. Si bien está desarmado, no se le observa ningún daño.

—¿Y cómo lo conseguiste? —le pregunto.

—Al principio, no me lo querían dar —me contesta—. Estaba entre las ramas de un árbol, por lo que se encuentra en mejor estado que los demás. Todos los técnicos se lo peleaban. Pero el director Smith usó sus influencias y anoche me lo enviaron. Así como me llegó, se lo traje a Andrew.

—Y yo estuve toda la noche trabajando con ese aparato —interviene nuestro experto—. Los drones pueden operarse desde móviles, ordenadores o consolas específicas. Por lo cual, es muy extraño que alguien pudiera hackear todos esos dispositivos distintos de manera simultánea.

—¿Entonces? —pregunto sin comprender qué me quiere decir.

—Entonces —prosigue Andrew—, la única forma de intervenir en tantos aparatos de distintos modelos no es hackear la fuente que emite las órdenes, sino ir directamente al receptor de cada uno. Hubo una señal muy poderosa que interceptó la comunicación entre los drones y sus comandos y tomó el control.

—Bueno —digo—, a mí eso no me dice nada; hay algo que no comprendo.

—En primer lugar —prosigue Andrew—, cada aparato tiene una señal propia. Si no fuera así, cualquier otro dron que anduviera cerca podría interferir con los demás.

—O sea —resumo—, cada uno habla en su propio «idioma».

—Exacto —asiente—. Esto significa que quien lo hizo cuenta con una tecnología capaz de interferir con cualquier tipo de señal y tomar el control de los dispositivos a distancia.

—Suena a magia —murmuro.

—No lo es —dice Andrew—. Esta tecnología detecta cada señal, descifra su frecuencia y la modula. Eso es muy difícil de hacer.

Hace una pausa y se masajea el puente de la nariz.

—Con los recursos necesarios, yo mismo podría ejecutarlo —añade—, pero solo lograría hackear un dron después de trabajar durante una hora.

—¿Uno solo? —pregunta Freddy.

—Uno —confirma—. Hacer esto con decenas de drones al mismo tiempo y en unos minutos era algo que, hasta este incidente, yo creía imposible. Y no tiene por qué limitarse a drones; podría tomar el control de cualquier dispositivo.

—Esto —la posibilidad de tomar el control de cualquier dispositivo— es lo que despertó la alerta de los jefes —dice Freddy—. Imagina qué sucedería si alguien pudiera tomar el control de todos los sistemas informáticos.

—Sería el caos total —respondo.

—Exacto —confirma Freddy—, por eso todas las agencias están abocadas a esto.

—¿Has descubierto algo, Andrew, que nos indique quién pudo haber sido? —le pregunto.

—No sé quién —responde—, pero creo que sé cómo lo hicieron. Vengan aquí.

Me acerco a la pantalla que me indica Andrew y veo una serie de códigos informáticos que no comprendo.

—¿Qué me estás mostrando? —pregunto.

—Cada dron tiene un procesador que recibe la información de la fuente —explica Andrew—. Estos procesadores guardan las últimas instrucciones que recibieron. Mira esta línea.

Me acerco a la pantalla para ver mejor y me doy cuenta de que la línea que señala Andrew no tiene los caracteres alfanuméricos que conocemos, sino símbolos que podrían pertenecer a un idioma asiático.

—¿Qué idioma es ese? —pregunto, intrigada.

—No te lo puedo asegurar al cien por ciento —responde Andrew—, pero no es una lengua humana.

Lo miro extrañada, y mi gesto lo denota.

—No te asustes —me dice—, no se trata de extraterrestres. Aunque quizás sea tan malo como eso. Se parece mucho a un lenguaje informático distinto que ya había visto.

—Explícame —le pido.

Lo de los extraterrestres se me había cruzado por la mente, pero no lo admití.

—Los sistemas de programación van avanzando —afirma Andrew— y se evalúan distintos lenguajes para acelerar la transmisión de datos. La mayoría de estos lenguajes se desechan porque no logran superar la funcionalidad de los lenguajes anteriores.

—¿Este es uno de esos? —pregunto.

—No —contesta Andrew—, este fue desechado por ser demasiado peligroso. Se utilizó para experimentar con un prototipo de inteligencia artificial. En realidad, este lenguaje fue creado por la inteligencia artificial, lo que lo hacía indescifrable para los propios programadores.

—Eso es imposible —dice Freddy—, todos los lenguajes son descifrables. El lenguaje indescifrable es como la piedra filosofal de la comunicación militar; todos quieren encontrarlo, pero nadie lo consigue.

—Otra vez —continúa Andrew— estás hablando de lenguajes humanos, donde debe haber un acuerdo, un consenso entre al menos dos partes: el emisor y el receptor.

—Emisor, receptor, lo básico —dice Freddy, intentando seguirle el ritmo.

—Exacto —confirma Andrew—. Esta inteligencia artificial, en cambio, es capaz de intervenir en otros sistemas y reprogramarlos mediante su propio lenguaje, que no es estático, sino dinámico.

—¿Dinámico cómo? —pregunto.

—Este va variando según un algoritmo que la propia inteligencia artificial desarrolla y cambia minuto a minuto —explica—.

Hace un gesto con la mano, buscando un ejemplo.

—Es como si yo te comenzara a hablar en español y terminara hablando en chino —añade—, pasando por otros diez idiomas en el medio. Nadie más que yo podría entenderme.

Me cruzo de brazos.

—O sea, ella se habla a sí misma —digo.

—Eso es —asiente—. La inteligencia artificial, al tomar el control de otros dispositivos, no se comunica con nadie más; es ella misma quien se entiende a sí misma.

—Estoy confundido —dice Freddy.

—Me estás diciendo —lo interrumpo porque quiero que me quede claro el concepto y no cómo se lleva a cabo— que la inteligencia artificial se programaba a sí misma de una manera que nadie podía controlar.

—Precisamente —asegura Andrew—. Es la forma corta de decirlo.

—¿Y tú cómo sabes de eso? —le pregunta Freddy, que está tan desconcertado como yo.

—Recuerden que el Gobierno me contrató en su momento para trabajar en contraterrorismo digital —explica Andrew—. Ahí supe de la existencia de «Cenizas», una inteligencia artificial creada por el Ejército a pedido de una comisión de defensa del Capitolio.

—¿Crees que el Ejército esté detrás de esto? —pregunta Freddy y señala la pantalla con los códigos.

—No lo sé —responde Andrew—. Ellos fueron los que crearon ese monstruo y, hasta donde sé, también fueron los encargados de destruirlo. Sin embargo, esta línea en el archivo del dron indica que Cenizas no desapareció del todo. Puede ser que ahora estén experimentando de nuevo con ella, que haya sido rescatada y robada por alguien, o que alguien haya logrado replicarla.

—Son demasiadas incógnitas —digo, pensativa.

No hay mucho que podamos hacer si no sabemos de dónde proviene.

—Freddy —añado—, quiero que hagas dos cosas. La primera es que nos des toda la información que tengas sobre el ataque. Convocaré al resto del equipo para que nos pongamos a investigar al respecto. La segunda es que averigües qué sucedió exactamente con la inteligencia artificial, con eso podremos comenzar a seguir sus pasos y ver por qué reaparece ahora. Quiénes la crearon y quiénes, en teoría, la destruyeron. Nos reuniremos más tarde en casa. Bob no se siente bien, así que prefiero quedarme con él.

4

INFILTRACIÓN

*PISO DE AINARA, Upper East Side, Nueva York
Lunes, 4 de septiembre, 6:30 p. m.*

LUEGO DE LA charla de esta mañana, he vuelto a mi piso. Me he puesto a reconsiderar la situación. ¿Por qué debo convocar al equipo para esto? ¿Por qué meternos donde nadie nos llama? No sería la primera vez que lo haríamos, pero siempre que hemos puesto en riesgo nuestra vida nunca hemos obtenido nada a cambio. Nadie nos paga por hacerlo, nadie nos reconoce el esfuerzo y, por otro lado, seguimos siendo prófugos.

Miro a Bob, que me observa desde el suelo. Estoy en una silla frente a la mesa.

—¿Tú qué crees, Bob? —le pregunto y levanta la cabeza—. ¿Por qué hago esto?

Me responde con un ladrido, como si me reprendiera. Permanezco mirándolo y vuelve a ladrar, como insistiendo. Si me vieran hablando con mi perro, pensarían que estoy loca. Pero no dudo de la respuesta que me da: lo haces porque es lo correcto.

Todos han llegado a casa, pero Bob no les ha preparado la fiesta de siempre. Solo se les ha acercado para que lo acaricien y luego ha vuelto a echarse.

—Andrew nos contó lo sucedido —me dice Luna, sentada en su silla—. ¿Qué piensas, Ainara?

—Aún no sé qué pensar —respondo—, por eso les pedí que vinieran. Quiero saber qué opinan ustedes al respecto. Bob ya me dijo que debemos hacer algo.

Todos miran a mi bestia negra y él comienza a ladrarles como si les diera órdenes.

—Está bien, Bob —dice Peter, que está junto al *rottweiler*, y lo acaricia—. Ya entendimos.

Freddy y Andrew nos ven por una cámara y sus rostros aparecen en la pantalla de mi ordenador. Freddy se encuentra en su oficina y Andrew ha dicho que, desde su búnker, sería más útil. Ya que todos están al tanto de lo descubierto hasta ahora, es momento de seguir adelante.

—¿Tienes alguna novedad? —le pregunto a Freddy.

—Lo primero que puedo decirte —responde— es que descubrieron algo en los restos de los drones que atacaron el buque. Todavía no tengo el informe oficial, así que no quiero decir nada sin estar seguro, pero pareciera que no fueron todos drones civiles hackeados al azar.

—¿Qué significa eso? —pregunta Andrew.

—Es todo lo que sé —contesta Freddy y se alza de hombros—. El FBI de Florida está un tanto receloso, pero ya le he insistido a Smith y en unos minutos me enviarán el informe.

—Está bien —digo—, esperaremos. ¿Qué averiguaste de Cenizas?

—El tema de la inteligencia artificial también está complicado —responde—. Es información clasificada y nadie tiene autorización para hablar de ella. Así que, de nuevo, contacté hace un par de horas al director Smith por ese tema. Me ha dicho que tiraría de algunos hilos. Recién me acaba de llamar, y me ha confirmado lo que ya sabíamos. Que era un proyecto del Ejército que fue cancelado. Que había una comisión del Senado para evaluar temas de defensa nacional y que, al parecer, esta era una de las cuestiones secretas que manejaban.

—Averigua quiénes participaban de esa comisión —le solicito—. Tenemos que saber los nombres de quienes estaban al tanto de esto para investigarlos uno por uno. No importa si son congresistas o generales, todos son sospechosos.

—¿Crees que haya alguien del Gobierno involucrado? —pregunta Junior.

—Creo que sé lo que está pensando Ainara —dice Alain y responde por mí—. Si hay un arma secreta robada al Gobierno, tiene que haber algún corrupto metido. Lo que hace muy probable que quien esté detrás de esto sea el Anillo. ¿Me equivoco?

—Ya me lees la mente, Alain —le digo—. El Anillo es quien tiene el poder para manipular a cualquiera. Si un proyecto secreto llegó a manos enemigas, no podemos descartar que haya sido obra de ellos. Ya vimos lo que son capaces de hacer para desestabilizar a la nación.

—Esto me hace pensar en algo —interviene Freddy desde la pantalla—. Sucedió un problema de seguridad aquí en las oficinas; no pensaba contarlo, pero puede que tenga relación con este caso.

—¿A qué te refieres? —le pregunto.

—Alguien entró en nuestro sistema —explica Freddy — y borró un archivo que al día siguiente volvió a aparecer.

—¿Era sobre Cenizas? —pregunto.

—No, Ainara —responde Freddy—, pero estaba relacionado contigo. Era la ficha de tu antiguo mentor: Richard Wells.

—¿Y qué tiene eso que ver con el caso? —pregunta Peter.

Es Luna entonces quien interviene.

—El Anillo está obsesionado con Ainara —explica—. Cualquier cosa atípica que se le relacione, debemos sospechar de inmediato de ellos.

—Okey —afirmo y analizo la situación—. Tenemos dos temas aparentemente independientes que tienen tufillo al Anillo, eso significa que tenemos que relacionarlos.

—Y cuando sentimos ese olor —opina Alain—, es porque ellos están cocinando algo.

—No es una base muy sólida —dice Peter—, pero con esta gente hay que mantenernos siempre atentos.

Peter mira entonces a la pantalla.

—Freddy —le dice—, ¿sabes que tienes un topo, verdad?

—Sí, amigo —contesta Freddy—. Lo sé: nadie ha

podido acceder a esos archivos desde fuera de la oficina. Sabes que nuestro sistema de archivos es cerrado.

—Lo que no entiendo —dice Alain— es por qué alguien borraría un archivo para devolverlo luego. Hubiera sido más fácil simplemente copiarlo.

—Tal vez —arriesga Andrew— querían modificar el archivo original o pensaron en borrarlo porque podía contener información importante, pero luego descubrieron que no tenía lo que buscaban y lo devolvieron para no levantar sospechas.

—Puede ser que haya algo de eso —confirma Freddy —, el incidente se descubrió por casualidad. Uno de nuestros técnicos estaba actualizando el sistema. Cuando al día siguiente quiso verificar que no faltara información, descubrió que había un archivo menos en una de las carpetas. Pensó en algún fallo, pero un día más tarde todo estaba de nuevo; por eso descubrió cuál era el archivo misterioso. Si no hubiera sucedido esto, nadie se habría enterado.

—Entonces, quisiera que me envíes ese archivo —le pide Andrew—; tal vez así descubra qué fue lo que modificaron.

5

PATRONES DEL PASADO

Piso de Ainara, Upper East Side, Nueva York
Lunes, 4 de septiembre, 7:30 p. m.

No pasa mucho tiempo antes de que Freddy nos vuelva a llamar. Tiene que contarnos los resultados del informe oficial que acaba de recibir.

—Como me lo habían anticipado —explica Freddy—, el ataque fue una mezcla de drones civiles arrebatados del control de sus dueños por un lado, y drones modificados con explosivos por el otro. Eso fue lo que hizo estallar el buque. Ya me habían dicho que los drones embistiendo al buque no era suficiente. Al analizar los restos del incendio, se detectaron trazas de C4.

—Explosivo plástico —interrumpe Alain.

—Así es —prosigue Freddy—. Por eso no se pudo recuperar ninguno de esos drones especiales, y se destruyeron completamente por su propia carga explosiva. Pero eso no es todo. Me llegaron videos quitados de las redes; allí les mandé algunos. El primero es el que se ve más claro.

—Yo me encargo —dice Andrew, que pone el video en la pantalla, y los demás se ven en recuadros pequeños abajo.

Podemos observar cómo a varios drones que flotan alrededor del buque se les suman decenas que vienen volando como una brigada en formación. Cuando estos llegan, es cuando todos los dispositivos embisten al barco simultáneamente.

—Parece una plaga de langostas —afirma Junior.

—Esos son los drones especiales —continúa Freddy —, los que transportaban la carga explosiva. Con otros videos similares a este, se pudo establecer la dirección desde la que vino el enjambre y, con cámaras de la ciudad, pudieron localizar el lugar exacto del que salieron. En el documento que les pasé está toda la información. Pero les adelanto que ya se investigó y que todos los datos que aparecen son falsos. El depósito del que salieron los drones fue rentado por una empresa ficticia y los transportistas que los llevaron tampoco existen. Además, conseguimos imágenes de las cajas que contenían los drones, y también se las pasé. No sabemos lo que sucedió dentro del depósito, porque las cámaras de allí fueron hackeadas y su información borrada. Suponemos que desembalaron los drones, los dispusieron de alguna manera en el piso y, luego de abrir el portón trasero, salieron volando.

—¿Están investigando a esas empresas falsas? —pregunta Peter.

—Sí —responde Freddy—, pero hasta ahora no hay nada. Son un invento sin apoyo legal alguno, pura fantasía.

—Esperen —dice Andrew—, estoy viendo el resto de los videos y creo que encontré algo. Ya se los muestro.

En la pantalla se ve la embestida de los drones desde otro ángulo. Andrew pausa la imagen.

—Miren allí —pide Andrew—, al costado del buque, justo antes de que se estrellen los drones.

Se ve un símbolo circular proyectado sobre el casco del barco. Andrew lo amplía. Es el símbolo del Anillo.

—Uno de los drones debe haberlo proyectado un segundo antes de atacar —afirma Andrew—, ya ni siquiera se ocultan.

—Esto confirma lo que habíamos pensado —sugiere Peter—, no me extrañaría que esa proyección la hayan hecho específicamente para alguien.

Al decir eso, me mira. No sé qué pensar, tal vez el Anillo me quiera decir algo, o tal vez no. Sin embargo, no digo nada, noto que Luna tampoco. Estudia la información que nos mandó Freddy en su *notebook* y la coteja con la de su móvil.

—¿Has encontrado algo, Luna? —pregunto.

—Lo estoy verificando —responde—, porque es algo... bastante peculiar.

—Explícate, por favor —le pido.

Gira el ordenador para que veamos todos la pantalla.

—Esta es la imagen ampliada de las cajas de los drones —dice—. ¿Ven el logotipo?

Son dos círculos rojos de distintos tamaños, uno dentro del otro, pero desalineados. El de adentro está un poco arriba y a la derecha. Debajo de los círculos se lee la palabra «bola».

—¿Qué hay con eso? —pregunta Peter.

Entonces Luna nos muestra su móvil con un dibujo de una mira telescópica estilizada, con dos círculos concéntricos y una cruz en el centro. Es casi como si el logotipo de las cajas fuera esa misma mira, pero en una forma esquemática simplificada.

—Es una mira de francotirador —confirma Andrew, sorprendido.

—¿Y qué tiene eso de especial? —pregunta Peter.

—Es algo de videojuegos de combate —explica Andrew—. Los *hackers* y los juegos de video estamos siempre unidos.

—Eso es lo que pensé al ver el logotipo —retoma la palabra Luna—. En seguida me recordó a las miras de *Call of Duty*, y conociendo un poco la mente de los *hackers*, no pude más que asociarlo. Por eso revisé el resto de los datos que nos pasó Freddy para ver si esto era solo una casualidad o si había algún patrón. La empresa falsa que rentó el depósito se llama «Renta de bolsillo».

—Espera —interviene Alain—, ¿«Pocket»? ¿Como en *Call of Duty: Mobile*?

—Exacto —confirma Luna—. *Call of Duty* tiene una versión móvil, «de bolsillo» ¿Comprendes, Peter? Renta «de bolsillo».

—Esto es absurdo —protesta Peter—. ¿Qué tiene que ver un juego de disparos con un atentado?

—Aún no he terminado, Peter —dice Luna—. Dos pistas pueden ser coincidencia, pero tres forman un patrón. La empresa de transportes se llamaba «Distribuidora Nuketown». Busqué en Internet esta palabra por si tenía alguna relación con el juego y bingo. «Nuketown» es el nombre de un mapa multijugador clásico de *Call of Duty*.

—Sigue sin tener sentido para mí —dice Peter y niega con la cabeza mientras vuelve a sentarse en el sillón.

—Es que tú eres un adulto —le explica Luna—, con un desarrollo psicosocial promedio. Tienes tus problemas y traumas como cualquiera, pero lidias con ellos y sigues para adelante. Hay gente, en cambio, que no logra hacer lo mismo. Se estanca en una etapa de su vida y repite de allí en más las mismas conductas, con las variaciones del contexto, pero atrapada en una especie de realidad que los remite siempre a la misma etapa.

—¿Dices que estamos buscando a un loco? —pregunto.

—No a un loco —contesta Luna, que empieza a caminar por la sala—. Estamos buscando a alguien con trastornos de personalidad ocasionados por algún trauma originado en la época en que jugaba a ese juego.

—Viéndolo así —dice Alain—, no jugué mucho, pero recuerdo *Call of Duty*. Se trataba de llevar adelante combates en escenarios de guerra, usando tecnología militar avanzada y controlando ataques aéreos a distancia.

—Y usando drones de combate —lo interrumpe Andrew—. Las cajas con el logotipo son como los paquetes de suministros que llevan las armas; en este caso drones. Esos drones atacan dirigidos a distancia por su operador, nuestro terrorista.

—Esto no se parece mucho a la forma de operar del Anillo —interviene Junior.

—No tiene que ser parte del Anillo —digo—, basta con que les sea funcional. Hemos visto cómo son capaces de manipular a casi cualquiera.

—Sigo sin saber qué pensar —comenta Peter—. Puede que tres pistas formen un patrón, pero aún no me convence.

—¿Y qué tal cuatro, Peter? —le pregunta Andrew.

—¿A qué te refieres? —pregunta a su vez Peter.

—Si en lugar de tres tuviéramos cuatro pistas —contesta Andrew—, ¿eso te convencería?

Peter no responde y el resto nos quedamos esperando la explicación, así que Andrew la lanza. Es algo tan obvio, que a los otros que conocían esos juegos se les había pasado por alto.

—La inteligencia artificial se llama «Cenizas» —afirma Andrew y nos mira para ver si lo comprendimos. Yo sí lo hice, y lo digo.

—En *Call of Duty* hay un personaje clave que se llama Ash. Y «Ash» en inglés significa ceniza.

6

LA MENTE DEL ATACANTE

OFICINAS DEL FBI, Nueva York
Lunes, 4 de septiembre, 9:10 p. m.

Luna ingresa al edificio del FBI y Freddy ya la espera en la recepción. Le saluda y le entrega una credencial para que pueda entrar a las instalaciones. En el registro figura como consultora externa invitada. Ya ha sido presentada así en una oportunidad anterior y su fama como perfiladora criminal la precede, por lo cual su presencia no levantará ninguna sospecha.

Más temprano, en cuanto Freddy escuchó las conclusiones de Luna sobre el autor del ataque, le pidió que fuera a su oficina para analizar el tema juntos. Freddy lee perfiles de delincuentes a diario. Es parte de su trabajo, por lo que entiende la importancia de esa información. Piensa que cuantos más datos tenga sobre el presunto atacante, más fácil será encontrarlo.

Cuando se sientan en la oficina, ella saca su móvil.

—Mientras venía, tomé algunas notas que deberías tener en cuenta —dice Luna.

—Dispara —le pide Freddy.

—Lo he pensado mucho —continúa ella—. Analicé la franquicia de *Call of Duty* y hay estadísticas que pueden ayudarte. El setenta y dos por ciento de los jugadores de la serie son de género masculino, por lo que seguro que el responsable del ataque es un hombre.

—Eso coincide con el perfil que tenemos hasta ahora —confirma Freddy—; ataques de estas características son, en un noventa y cinco por ciento de los casos, realizados por hombres.

—Exacto —prosigue Luna—. Por otro lado, el ochenta y cuatro por ciento de estos jugadores empezaron entre los doce y diecisiete años, cuando la serie estaba en su apogeo. Por lo tanto, nuestro atacante tenía esa edad a mediados de la década de los dos mil.

—Entonces, tenemos sexo y edad aproximada —dice Freddy—. No es mucho.

—Esas son solo las estadísticas —confirma Luna—. Ahora veamos sus habilidades. Por lo que tenemos hasta ahora, debería saber de programación y hackeo. El propio Andrew dijo que los hackers y los videojuegos siempre están relacionados. Por lo tanto, deberás buscar a un hacker que no haya surgido de la nada; debe tener una historia. Ningún ladrón empieza con el robo del siglo; hablo de un historial de robos menores y de tener antecedentes. Lo mismo sucede con este hacker: si ha impresionado tanto a todas las agencias, tendrá delitos previos.

—Bueno, esto ya es mejor —acepta Freddy mientras toma nota—. Tenemos sexo, edad, es un hacker con antecedentes. ¿Puede ser que en sus delitos anteriores haya alguna referencia a *Call of Duty*?

—Sin duda, la habrá —confirma Luna y ve que Freddy se va poniendo en sintonía con ella—. Ahora llegamos a eso con su perfil psicológico. Su obsesión con este juego indica que significó algo muy importante para él en la edad que te mencioné. En cierto sentido, este hombre quedó atrapado en esa etapa de su vida. Esto indicaría que le sucedió algo muy grave en ese momento. Ese adolescente se refugió en aquella fantasía y no pudo salir de allí. Hay dos posibilidades: que haya sido maltratado e incluso abusado por sus padres, o que los haya perdido.

—¿Cuál de las dos posibilidades crees más probable? —pregunta Freddy.

—Podría ser cualquiera —contesta Luna—. Tenemos un solo ataque y aún no conocemos el móvil. Podría ser una venganza contra sus padres o una reivindicación de ellos. Estoy segura de que está relacionado con sus padres. Alguien con ese nivel de obsesión no hace nada que no refleje su trauma.

—En cuanto al móvil —explica Freddy—, nuestros analistas afirman que es puramente económico. El buque transportaba un cargamento de chips superconductores provenientes de Taiwán, valorado en trescientos millones de dólares. NeuraTech es la marca más grande que abastece al mercado norteamericano. Estos chips se utilizan principalmente en drones. Por eso, se cree que atacar chips para drones es un mensaje muy claro. Ahora estamos investigando a las marcas que compiten con NeuraTech, alguna de ellas debe haber sido la responsable.

—Esa teoría funcionaría para una mafia comercial —opina Luna—, pero esto no apunta al dinero. Es venganza o reivindicación. Quien está detrás quiere demostrar algo, y ahí está la clave: si damos con la persona, entenderemos el mensaje. Si entendemos el mensaje, daremos con la persona.

—Lo que le haya pasado —dice Freddy— tiene que haber sucedido a mediados de los dos mil, cuando se refugió en esa fantasía. ¿Verdad? Ahora debe tener entre treinta y cuarenta años.

—Lo has captado —confirma Luna—. Sin embargo, hay algo más. Esto es pura especulación, a partir de la idea que planteó Ainara, pero quizás te sirva. Si Cenizas era un proyecto del Ejército para el Gobierno, la fuga de información tiene que haber salido de alguno de esos dos lugares, no como institución, sino a través de algún personaje corrupto. Por otro lado, la cantidad de drones que movilizaron y la logística para llevar a cabo el ataque indican que hay mucho dinero detrás de ello. Por lo cual, el corrupto debe ser también alguien con muchos recursos. El personaje poderoso y el fanático de *Call of Duty* son dos personas distintas, pero tienen algún punto en común y uno podría llevar al otro.

—Bueno —contesta Freddy y se echa hacia atrás en la silla—, si con todo esto que me has dado no encuentro al loco de los drones, debería renunciar.

—Lo encontrarás —contesta Luna y sonríe—, solo espero que sea rápido para evitar un nuevo ataque.

7

RASTROS EN GEORGIA

Piso de Ainara, Upper East Side, Nueva York
Lunes, 4 de septiembre, 9:40 p. m.

Espero que Luna y Freddy descubran quién es el autor del ataque. Ambos están sumamente preparados, y si alguien puede hacer ese trabajo, esos son ellos. Junior y Alain se marcharon a sus casas. Peter y yo nos quedamos solos. No es que podamos hacer algo, pero no nos gusta sentirnos inútiles.

—Este asunto de *Call of Duty* —dice Peter— me sigue dando desconfianza, me cuesta comprenderlo.

—Te entiendo, Peter —le contesto—, pero confío en Luna, y si ella dice que es así, sé que tiene razón. Por otro lado, todo lo que sabemos confirma su teoría.

—Tal vez —dice Peter y me mira a los ojos— me esté volviendo viejo y no soy capaz de adaptarme al mundo de hoy. ¿Recuerdas cuando trabajábamos juntos en el FBI? Las cosas eran más sencillas, las comprendía.

—Te estás dejando llevar por la nostalgia —opino. Recuerdo muy bien la clase de locos a los que nos enfrentamos. No tenían nada que envidiarle a este. Además, para eso tenemos a Luna, que sabe lidiar con los locos de ahora.

Ambos reímos.

—El mundo entero está loco —agrega Peter.

Voy a decir algo, pero escucho sonar el móvil.

—¡Eureka! —exclama Andrew cuando atiendo.

—¿Qué has encontrado? —pregunto mientras pongo el altavoz.

—El que este tipo probablemente sea fanático de *Call of Duty* me facilita las cosas —explica—. Corrí una aplicación que desarrollé para encontrar patrones; saben que me gustan tanto como a Luna. Las palabras clave que introduje fueron todas las que se me ocurrieron sobre los drones, por un lado, así como todas las relacionadas con *Call of Duty*. La aplicación busca coincidencias y ha encontrado una tan fuerte que me atrevo a decir que es incluso obvia. Apuesto lo que sea a que nuestro fanático se encuentra allí. Es una fábrica de drones en Georgia, llamada «Terminal».

Peter y yo permanecemos en silencio. No conocemos esa referencia. Andrew se da cuenta de con quiénes está hablando y entonces nos explica.

—«Terminal» es uno de los mapas más icónicos de *Call of Duty: Modern Warfare 2* —nos dice—, un aeropuerto donde se desarrolla una de las misiones más controvertidas de la saga. Es un escenario de combate urbano muy conocido entre los jugadores.

—Así que la aventura de Ash, o Ceniza —digo para aclarar la referencia—, se vincula con Terminal. Sería lógico que los drones se fabricaran ahí.

—Me rindo —afirma Peter—, ya empiezo a pensar como ustedes y creo que tiene sentido echar un vistazo. Además…

Luego de hablar, hace silencio y sonríe.

—Además, la vieja escuela sigue siendo útil —prosigue—. Leí en el informe que envió Freddy que el guardia del depósito de Miami declaró haber escuchado decir a uno de los transportistas algo sobre Georgia. «Esa» es una verdadera pista.

Sonrío. Si Peter se siente mejor con ese pensamiento, que así sea.

—Iré para allá de inmediato —me confirma.

—Yo te acompaño —le digo.

—No, no —me responde y me detiene—. Es mejor que te quedes. Llevaré a Alain conmigo. Tú permanece aquí con Bob. Tal vez debas ayudar a Freddy con el asunto del topo, que está directamente ligado a ti.

Peter tiene razón. No podemos alejarnos todos. Me quedaré aquí con Bob por si Freddy descubre algo.

—Está bien —le respondo—, pero si salen ahora, conducirán toda la noche, llegarán exhaustos y deberán entrar al lugar en pleno día. Mejor vete a dormir y avísale a Alain que saldrán por la mañana. De ese modo, llegarán al anochecer y tendrán más oportunidades de ingresar al lugar de forma sigilosa.

—Peter —dice Andrew, que sigue al teléfono—. Pasa

por aquí antes de salir, te daré un dispositivo para que lo conectes a cualquier ordenador que encuentres en ese sitio.

Peter se me queda mirando y levanta una ceja.

—Está bien —se corrige Andrew como si hubiera visto su rostro—, dale el dispositivo a Alain para que haga lo que te dije.

A Peter le parece mejor así, no se lleva muy bien con la tecnología. Se despide y se marcha. Yo también me iré a descansar, no ganaré nada quedándome despierta. Quizás mañana tengamos alguna novedad, y debo tener mis sentidos alertas.

—Vamos a la cama, Bob —le digo y el perro se levanta con esfuerzo para seguirme.

Entonces, siento que el móvil suena en mi mano. Miro y es un mensaje de texto; hace mucho que no recibo uno así. Lo abro:

«El mentor forja al aprendiz. El Anillo forja al mentor».

El mensaje luego desaparece y arrojo el teléfono al piso. El Anillo está otra vez detrás de mí. Mejor no les digo nada a mis compañeros para no preocuparlos. Mañana le pediré otro móvil a Andrew, ese ya no es seguro.

Miro a Bob, que me observa desde la puerta de la habitación. Sus ojos cansados parecen comprenderme. Me acerco a él y lo acaricio.

—No te preocupes —le hablo en voz baja—. Estaremos bien.

Pero mientras lo digo, no puedo evitar pensar en las palabras del mensaje. El Anillo no hace amenazas vacías.

Cada vez que aparecen, algo está por suceder. Y esta vez mencionan a Richard, mi mentor. ¿Qué tiene que ver él con todo esto? ¿Por qué borraron su archivo del FBI? Las preguntas se acumulan en mi cabeza mientras Bob y yo nos dirigimos al dormitorio.

Me acuesto, pero el sueño no llega fácilmente. Las piezas del rompecabezas están ahí, frente a mí, aunque aún no veo la imagen completa. Cenizas, los drones, *Call of Duty*, el Anillo, Richard Wells. Todo está conectado de alguna manera que todavía no comprendo.

Bob se acomoda a los pies de la cama con un suspiro. Lo miro y pienso que tiene razón. Mañana será otro día, y necesito estar preparada para lo que venga.

8

OPERACIÓN NOCTURNA

SAVANNAH, Georgia
Martes, 5 de septiembre, 7:30 p. m.

ANOCHE, Ainara debió buscar un teléfono secundario que tenía guardado y llamó a Luna para contarle lo que habían encontrado. Ella le respondió que también quería viajar con Peter y Alain. Le dijo que era muy probable que viera detalles que sus compañeros no vieran.

Ainara comprendió que todo lo que habían descubierto hasta ahora se debía a las deducciones de Luna, por lo que tenía sentido que también viajara, así que le dijo que lo hiciera. Esta mañana partieron los tres en auto hacia Savannah. Fue un viaje bastante largo y se turnaron para conducir.

Finalmente, cuando llegaron, ya estaba anocheciendo; era lo que habían planeado. Dieron una vuelta al lugar y verificaron que estaba cerrado. Solo había un guardia en la entrada; sabían que no sería difícil controlarlo.

Estacionaron y Alain le dijo a Luna que lo acompañara. Peter se quedó a cierta distancia vigilando. Alain y Luna se abrazaron y caminaron tambaleándose hacia la cabina del hombre de seguridad. El guardia los vio venir y salió, probablemente para decirles que se marcharan. Apenas se acercaron a él, Alain sacó su arma y le apuntó al cuello.

—Quédate quieto y no te pasará nada —dice Alain mientras lo llevaba a la cabina.

Luna entró con ellos y arrancó los cables del teléfono. Luego ató los pies y las manos del hombre de seguridad, que quedó recostado en el suelo, mientras Alain lo amordazaba. Recién entonces apareció Peter. Alain le quitó las llaves al guardia y abrió el candado de la entrada de la reja perimetral. Llegaron los tres al edificio. Peter vio una cámara de vigilancia.

—Creo que ya nos han descubierto —dijo, señalando la cámara.

—Entonces, actuemos rápido —dijo Alain mientras revisaba las llaves que le había quitado al guardia. Al segundo intento, la puerta se abrió.

—Esto es más sencillo de lo que imaginaba —dijo Alain.

—No cantes victoria antes de tiempo —le advirtió Peter—. Las cosas nunca son fáciles para nosotros y esa cámara me preocupa.

—No seas pájaro de mal agüero —contestó Alain—. Entramos rápido; tal vez nadie nos vio.

Alain encendió la linterna de su móvil porque el sitio

estaba a oscuras. Peter y Luna hicieron lo mismo. Alain apuntó a un sector y se pudieron ver cajas con los dos círculos y la palabra «bola».

—Es el lugar correcto —intervino Luna—. Es aquí de donde salen los drones especiales.

Miraron a su alrededor, alumbrando con los móviles, y las sombras y contraluces revelaron máquinas. Probablemente, el equipamiento se encargaba de la fabricación.

—Miren esto —dijo Peter, mostrando unas cajas apiladas con símbolos chinos.

Se acercó a esas cajas y abrió algunas.

—Son partes de drones —dijo Peter, tomando distintos elementos en sus manos.

—Esto no es una fábrica —dijo Luna, tras realizar una rápida evaluación—; es solo una línea de ensamblaje. Traen las partes de Taiwán.

—No entiendo por qué atacaron el buque —dijo Alain, que seguía alumbrando a su alrededor para ver qué más encontraba—. Aquella nave traía chips de allí. ¿Acaso no los necesitaban para el ensamblaje?

Ninguno respondió; siguieron revisando lo que encontraban a su paso. Luna se topó con otra pila de cajas cuidadosamente ordenadas. Se acercó, las estudió y vio que no llevaban ninguna inscripción. Abrió la primera que tenía a su alcance.

—Tal vez no los necesitaban —dijo Luna, respondiendo a la pregunta anterior de Alain.

—¿Qué es eso? —preguntó Peter, mientras se arrimaba para alumbrar con su linterna.

Luna sacó de la caja una bolsa de polietileno que

contenía un chip. La bolsa sí tenía la inscripción de los dos círculos y la palabra «bola», como si fuera la mira de un arma.

—Creo que todas las partes vienen de Taiwán —especuló Luna, enseñándoles la pequeña bolsa—, excepto los chips, que son fabricados en algún otro lugar.

—¿Crees que esos chips tienen algo distinto? —preguntó Peter, abriendo otra caja.

—Es muy probable —respondió Luna mientras se guardaba el chip en un bolsillo—. Esto lo debe revisar Andrew. Él nos dirá si tiene algo especial.

—Quizás —arriesgó Alain— la idea de destruir los chips chinos era distribuir estos en su lugar.

—Eso me cierra bastante —comentó Peter—. De base, hay un móvil económico, ganar mercado. Pero voy a mantener mi mente abierta; Luna ya dijo que cree que se trata de algo más, así que no debemos quedarnos solo con eso.

Luna miró a Peter satisfecha; sabía que era el más reacio a sus análisis, pero le acababa de dar su voto de confianza.

—Luna —dijo Alain—, ¿no te parece familiar este lugar?

Ella miró alrededor y luego volvió a mirar a Alain.

—Quien diseñó este lugar —dijo Luna— recreó la estructura exacta de uno de los escenarios de guerra de *Call of Duty*. Es más que una referencia; es una reconstrucción obsesiva del mapa.

—No preguntaré al respecto —dijo Peter—, ya no me interesa y hay que apurarse.

—Sí —dijo Luna—, ahora debemos encontrar algo que nos indique quién dirige este «emprendimiento».

—Puede ser que allí arriba encontremos una respuesta —dijo Alain, señalando hacia lo alto de una pared.

La luz del móvil iluminaba, pero cuando los tres dirigieron la luz hacia allí, vieron lo que parecía ser una oficina con grandes ventanales, situada en una especie de balcón. Buscaron cómo subir y encontraron una escalera metálica contra la pared. Se dirigieron a ella.

—Debe ser desde donde controlan la producción —dijo Luna—; algo tenemos que descubrir.

Llegaron arriba y, una vez dentro de la oficina, Alain, cansado de estar a tientas, encendió la luz. Los otros dos lo miraron con un gesto de reproche.

—Aquí no hay nadie —se justificó Alain—; si seguimos a oscuras tardaremos demasiado. Más vale apurarnos.

Peter y Luna asintieron. Alain tenía razón: era mejor no perder tiempo. Revisaron la oficina y vieron escritorios, algunos ordenadores y esquemas en las paredes. Alain se acercó a los gráficos y los estudió.

—Parecen los esquemas con las etapas de ensamblaje —comentó—. Vean que la instalación del chip está remarcada en otro color.

—Eso confirma que esos chips son la clave —dijo Peter.

Luna, mientras tanto, permaneció en silencio. Observaba las láminas en la pared como si fueran un acertijo. Peter se dio cuenta.

—¿Qué ves, Luna? —le preguntó.

Ella sonrió.

—No puede ser tan obvio —contestó sin dejar de observar los esquemas.

—¿Qué cosa? —preguntó Alain.

—Las etapas de producción —explicó Luna—. ¿No les parece raro que, en lugar de estar organizadas de manera alfabética o numérica, las etapas tengan nombres de operaciones militares famosas de *Call of Duty*? Miren: Operación Kingfish, Operación Chariot, Operación Vulture.

Peter entonces leyó los nombres en voz alta.

—Kingfish, Chariot, Vulture —dijo—. No entiendo el patrón.

—Son misiones icónicas del juego —explicó Luna—. Estamos viendo el esquema de ensamblaje de los drones, pero organizado en misiones de combate. Quien hizo esto no solo usa el juego como referencia, sino que vive en él.

9

MALDITOS BICHOS

Savannah, Georgia
Martes, 5 de septiembre, 8:10 p. m.

LLEVAN YA un buen rato en la oficina elevada, rodeados de diagramas y pantallas apagadas, cuando Peter vuelve al mismo punto.

—¿El fanático de los videojuegos otra vez? —preguntó Peter, más como una expresión de hastío que como una duda.

—No esperaba otra cosa —dijo Luna, como si lo repitiera para sí misma—. Estos drones que ha creado son su criatura, son los que pelean por él, una extensión de sí mismo. Imagino que le habría encantado usar referencias más obvias del juego, pero eso lo habría delatado enseguida, así que cifró el nombre en las etapas de ensamblaje.

—No lo cifró lo suficiente porque lo descubriste enseguida —acotó Peter.

—Es que así funcionan estas mentes —continuó Luna—. Quieren reconocimiento. No les gusta estar ocultos y, por eso, aunque su actividad delictiva los obligue a esconderse, dejan siempre su firma.

—Creo que ya hablamos suficiente —interrumpió Alain—. Debemos contarle esto a Ainara e irnos cuanto antes.

—Sí —respondió Luna—, pero primero... Peter, toma fotos de los diagramas. Alain, usa el dispositivo de Andrew para extraer la información de los ordenadores.

Ambos asintieron con la cabeza y se pusieron manos a la obra. Alain llamó por teléfono a Andrew para que le dijera cómo utilizar el aparato que le había dado a Peter. Luna permaneció mirando los diagramas y algo le hizo dudar.

—Algo está mal —afirmó. Sus compañeros la miraron.

—¿En qué piensas? —preguntó Alain. Sostenía el teléfono junto a su oído. Ya estaba Andrew en línea y había conectado el dispositivo.

—Pienso en lo mismo que pensaba Peter hace unos minutos —contestó Luna—. Esto ha sido demasiado fácil y la cámara de afuera ya debería habernos delatado.

En ese momento comenzó a oírse un leve zumbido que, de a poco, fue volviéndose más fuerte. Los tres lo escucharon, así que instintivamente se acercaron a la ventana. Algo estaba sucediendo allá abajo, en la oscuridad. La luz dentro de la oficina no alcanzaba a alumbrar la parte más baja del sitio.

Por el teléfono, Andrew preguntó qué sucedía.

—Espera —contestó Alain—, no lo sé todavía.

Apenas estuvieron frente al vidrio, vieron que, en la penumbra, unas luces verdes se movían en el aire. Eran quizás una docena.

—¿Qué es eso? —preguntó Peter.

En cuanto las luces empezaron a elevarse, pudieron distinguir con claridad su forma. Eran drones. Se elevaron hasta situarse a la altura de la ventana, justo frente a ellos. Se quedaron observándose los unos a los otros, como si ninguno supiera qué hacer. Pero los drones sí lo sabían.

Unas luces rojas se encendieron en los aparatos y Peter advirtió que, en sus propios cuerpos, empezaban a aparecer puntos rojos.

—¡Al suelo! —gritó. Se arrojó sobre sus sorprendidos compañeros.

Los disparos comenzaron antes de que llegaran al suelo y el vidrio del ventanal estalló sobre ellos. Cayeron a la vez sobre sus cuerpos, y las astillas de cristal se esparcieron también a su alrededor y encima de los tres. Rápido se arrimaron contra la pared, debajo de la ventana, y los tiros cesaron.

—¡Mierda! —gruñó Peter. Sangraba de una mano por culpa de un vidrio—. ¿Ustedes están bien?

—Sí —respondió Luna mientras sacaba su arma—. Estoy ilesa.

—Yo también —afirmó Alain. Ahora sostenía el móvil con una mano y su pistola con la otra.

—¿Qué está pasando? —gritó la voz de Andrew en el móvil.

—Nos atacan unos malditos drones —contestó Alain.

Peter, con la mano sana, cogió su ametralladora y la asomó por la ventana. De inmediato tuvo que volver a ocultarse ante la nueva descarga de disparos, que le dieron cerca de la mano.

—Esas máquinas no tienen miedo a recibir tiros —dijo Peter—. ¿Cómo se lucha contra algo así?

—Ya escuchaste, Andrew —le habló Alain al móvil, que ya había puesto en altavoz—. ¿Qué hacemos?

Entonces, escucharon un zumbido que se acercaba rápido. Un dron entró en la oficina y los observó con su cámara. Luna lo derribó de un disparo.

—Era solo un explorador —afirmó ella—. Ya vieron dónde estamos y vendrán todos juntos.

—Escuchen —dijo Andrew—. Luna tiene razón. Están coordinados y entrarán por ustedes. La única oportunidad que tienen es cortar su conexión. Si no operan de forma coordinada, no serán tan letales.

—¡Basta de explicaciones, Andrew! —gritó Peter, desesperado—. ¿Qué hacemos?

El zumbido comenzó a sonar con fuerza. Se acercaba el resto de los drones. En cuanto entraran, los atacarían y, por más que algunos cayeran, el resto los abatiría.

—¡Andrew! —gritó Alain cuando empezaron a ver los puntos rojos en el suelo que se acercaban a ellos.

—¡Los ordenadores! —gritó a su vez Andrew—. Destruyan todo.

Peter empezó a disparar con su ametralladora a todo aparato que se encontraba en la oficina, mientras que Alain y Luna hacían lo mismo contra los drones que iban apareciendo. Estos también disparaban, pero de repente se detuvieron y parecieron perdidos.

Entonces, Peter se sumó con su arma a dispararles y, uno a uno, fueron derribados. No se escucharon más zumbidos, pero Alain siguió disparando a los que habían caído al piso.

—Está bien, Alain —le dijo Luna y le apoyó la mano sobre el brazo—. Se acabó.

—Malditos bichos —exclamó Alain.

10

IDENTIDAD OCULTA

Piso de Ainara, Upper East Side, Nueva York
Martes, 5 de septiembre, 8:15 p. m.

FREDDY YA SALIÓ de las oficinas del FBI y ha venido a mi piso para contarme las novedades. Acaba de entrar y nos sentamos a la mesa. Mientras tanto, Bob se acurruca junto a Freddy para recibir sus caricias. Yo preparo café.

A veces, dadas las circunstancias de los últimos años, olvido incluso las normas más básicas de cortesía. Por eso, ahora que empiezo a recibir visitas en casa de nuevo, me esfuerzo por recuperar mis modales. Sé que preparar un café no es gran cosa, pero es peor ni siquiera ofrecerlo.

Hoy ha sido un día largo. Quedarme en casa mientras mis compañeros están lejos en una misión no es algo que me resulte fácil. Además, estoy intrigada: quiero saber qué tiene que ver mi antiguo mentor de Quantico con todo esto.

Hace mucho que no tengo contacto con él. Me enteré de su desaparición hace cinco años, cuando Freddy me comentó que se enteró de esta durante una operación en Arkansas. No es común que un agente desaparezca sin dejar rastro. Fue extraño y sentí la tentación de investigar, pero algo en mi interior me advirtió que no lo hiciera. Era como si prefiriera no saber ciertas cosas.

Cuando ayer recibí el mensaje en el móvil que mencionaba a mi mentor, no me quedaron dudas: se refería a Wells. Muchas ideas se agolparon en mi mente y empecé a cuestionar su lealtad. Pero también podría tratarse de una manipulación del Anillo para hacerme creer algo falso. Hasta que no tenga más información, prefiero dejar cualquier teoría en suspenso.

—¿Cómo está Bob? —pregunta Freddy mientras sigue acariciándolo.

—Ahí lo ves —respondo. Me siento a la mesa y le alcanzo su café—. Hoy lo llevé al veterinario. Le sacaron sangre para los análisis; en un par de días tendré los resultados, pero por ahora no me dijeron nada. Sé que algo no anda bien con él. Espero que descubran qué es, para poder darle lo que necesita.

Ambos nos quedamos mirando a mi bestia negra, hasta que Freddy comienza a hablar.

—El perfil que hizo Luna arrojó un resultado —dice —. Octavian Dray.

—¿Quién es ese?

—En 1998 —explica Freddy tras dar un sorbo de

café—, Francis Dray, su esposa Priscila y su hija Cynthia, de cinco años, murieron en un atentado terrorista en Libia. Francis era agregado diplomático y se encontraba allí en un momento en que las relaciones entre Estados Unidos y Libia parecían mejorar. El régimen de Gadafi, sancionado y semiaislado internacionalmente, intentaba abrirse al diálogo. Pero aquel ataque lo echó todo por tierra y, desde entonces, las cosas solo empeoraron.

—¿Y Octavian Dray? —pregunto. Freddy ha mencionado a varios con ese apellido, pero aún no ha dicho nada sobre él.

—Octavian también formaba parte del viaje —continúa—. Era el hijo de diez años de Francis y Priscila. Estuvo en el atentado, pero nunca se encontró su cuerpo.

—¿Qué pasó con él?

—Desapareció y lo dieron por muerto. No se supo nada de Octavian hasta 2010, cuando, durante una redada en Oakland contra un grupo de tecnoterroristas, se halló una huella dactilar que coincidía con la suya. Las cámaras de seguridad permitieron identificarlo. Costó reconocerlo por las múltiples cicatrices en el rostro, pero no cabía duda: era el niño desaparecido. Te envío su foto.

Me llega la imagen al móvil recién estrenado. Andrew se encargó de actualizar al equipo con mi nuevo número. Observo a Octavian: delgado, cabello negro, y esas cicatrices que dominan su rostro.

—Lo que no entiendo —digo— es por qué crees que este es nuestro hombre. Supongo que habrá más terroristas que coincidan con el perfil de Luna.

—Porque este tipo se hacía llamar Ash —explica Freddy—. Al principio se pensó que el apodo aludía a las cenizas o a las quemaduras, por sus cicatrices. Pero cuando busqué en el sistema referencias relacionadas con *Call of Duty*, aparecieron de inmediato. En su historial, incluso figura un incidente vinculado al *merchandising* del juego. Eso confirma que es la persona que buscamos.

Me quedo mirando la foto en la pantalla. Esas cicatrices no solo marcan su piel, cuentan una historia de violencia y trauma. Intento imaginar al niño de diez años atrapado en un atentado que le arrebató a toda su familia. ¿En qué momento se convirtió ese pequeño en esto?

—Bien —digo, satisfecha—. Por fin tenemos un nombre.

—Así es —afirma Freddy—, pero eso no es todo.

—¿Qué más hay?

—Solo te estoy contando lo que pude leer —responde—. Hay otros datos a los que no tuve acceso porque están clasificados. Ya estoy cansado de toparme con esto.

—Sí —digo, pensativa—. Cada pista relacionada con este caso está bajo secreto.

—Exacto —repite Freddy—. ¿Recuerdas el caso de la climatóloga? Todo clasificado, tecnologías robadas… Esa parece ser la nueva dirección del Anillo. No me extrañaría que la CIA estuviera involucrada también aquí.

—No tengo dudas —respondo—. Si hay terroristas internacionales, ellos deben saberlo. Pero no puedes recurrir al contacto de la última vez.

—No —admite Freddy, frunciendo el ceño—. Ya sabemos que ese trabaja para los malos. Pero no es mi único contacto. Conseguiré esos archivos. Ahora mismo le envío esta información a Andrew para ver si conoce a ese *hacker*.

Mientras Freddy transfiere los archivos a Andrew, pienso que vamos por buen camino. Todo encaja con el análisis de Luna y, si además tiene vínculos con la CIA, es más probable que el Anillo lo haya reclutado. Hemos tenido muy mala experiencia con la CIA en casos anteriores. La serpiente del Anillo parece haber anidado allí.

Ahora quiero saber sobre el otro hilo de esta trama: el que me toca de manera personal.

—¿Averiguaste algo del topo? —pregunto.

—Estoy trabajando en ello —responde Freddy, terminando su café—. Como no puedo confiar en quienes me rodean, pedí ayuda a un amigo de otro departamento. Él investigará de forma discreta.

Sí, las piezas empiezan a encajar. Con alguien tras el infiltrado en el FBI y Andrew tras Octavian Dray, comenzaremos a cerrarles el paso. Estoy segura de que Andrew dará con ese *hacker*. Es lo que más le gusta: vencer a su competencia.

Lo único que falta es saber cómo les va a Luna, Peter y Alain en Savannah. Ya deberíamos tener novedades, pero Andrew aún no me ha llamado.

—¿Quieres otro café? —le pregunto a Freddy.

—Sí, gracias —responde—. Si no te importa, me quedaré un rato más. Quiero estar aquí cuando Andrew llame con las noticias de Savannah.

—Por supuesto —le contesto, y vuelvo a prepararle café—. Yo también estoy ansiosa por saber cómo les fue.

—Además —añade Freddy—, si hay buenas noticias

sobre la fábrica, podré coordinar de inmediato con los agentes de Georgia para que actúen.

Le entrego la taza y regreso a mi asiento.

Miro a Bob, que nos observa desde su lugar junto a la mesa. Se ve más cansado de lo habitual. Me levanto, me acerco y lo acaricio.

—Todo va a estar bien, amigo —le prometo en voz baja—. Encontraremos qué te pasa y te pondrás mejor.

Bob me lame la mano. Freddy también lo mira con preocupación.

—Espero que los análisis salgan bien —dice.

—Yo también —respondo, volviendo a la mesa.

Me acerco a la ventana y contemplo la ciudad que se extiende ante mí. Millones de luces parpadean en la oscuridad. En algún lugar ahí afuera, Octavian Dray está preparando su próximo ataque.

Pienso en Richard Wells, mi mentor. ¿Qué papel juega en todo esto? ¿Es víctima o cómplice? Las interrogantes se acumulan en mi mente sin respuestas claras.

—¿En qué piensas? —me pregunta Freddy.

—En Wells —admito sin voltearme—. En lo que el Anillo sabe sobre él.

—Sea lo que sea —dice Freddy—, lo descubriremos.

Suena mi móvil. Lo tomo rápido. Es un mensaje de Andrew: «Llamada en 10 minutos. Novedades importantes».

—Ya es hora —le digo a Freddy, mostrándole el mensaje.

—Perfecto —responde—. Esperemos que tengan buenas noticias.

Nos preparamos para la videollamada con Andrew. La noche recién comienza, y tengo el presentimiento de que, antes del amanecer, muchas cosas habrán cambiado.

11

FUEGO CRUZADO

SAVANNAH, Georgia
Martes, 5 de septiembre, 8:25 p. m.

—FUNCIONÓ —le dice Alain a Andrew, quien esperaba una respuesta por teléfono.

Los tres siguen sentados en el suelo, rodeados de vidrios rotos y drones destrozados. Es como si se hubieran tomado un respiro. Alain mira el dispositivo que había conectado a uno de los ordenadores: quedó hecho trizas.

—Pero tu aparato —continúa, mirando a Peter— no lo logró. Lo siento mucho.

Peter se encoge de hombros. Había seguido las indicaciones al pie de la letra y neutralizado todos los artefactos electrónicos de la habitación. No había tiempo para ser selectivos; lo importante era que nada funcionara, y lo consiguió.

—Lo imaginé en cuanto dejó de transmitir —responde Andrew—. Aun así, alcanzó a enviar un poco de información. Ahora veré si algo de eso nos sirve. ¿Ustedes están bien?

—Sí, creo que sí —dice Alain, mirando a sus compañeros—. Peter tiene un corte en la mano, pero no es grave.

—Muchachos —interviene Luna—, tal vez sea mejor irnos. No creo que los drones fueran los únicos que sabían que estábamos aquí.

—Estoy de acuerdo —dice Andrew, que sigue en altavoz—. Esos drones no se activaron por sí solos. Alguien, desde algún lugar, envió una señal a los ordenadores, y estos activaron los drones. Si hubieran sido totalmente autónomos, destruir los ordenadores no habría servido de mucho. Habrían seguido atacando como si nada.

—¿Cómo supiste que no eran autónomos y que tu plan funcionaría? —pregunta Alain.

—No lo sabía —responde Andrew.

Los tres se miran y fruncen el ceño.

—Mejor no te digo lo que estamos pensando —dice Alain—. Hasta luego, Andrew. Debemos irnos.

Corta la comunicación. Peter revisa su herida y, con la mano sana, se quita un trozo de vidrio incrustado en la palma de la mano.

—Ahora está mejor —dice.

—Es probable que ya vengan refuerzos —insiste Luna—. No abandonarán este centro de ensamblaje; hay demasiada evidencia. Con lo que tenemos aquí, todas las agencias del país se harán un festín.

—Estoy de acuerdo —dice Peter, levantándose de un salto y extendiendo la mano sana a Luna para ayudarla.

Ella la acepta y también se pone de pie.

—Claro —dice Alain, protestando—, yo puedo solo.

—Vamos ya —ordena Peter, apartando con los pies los restos de los drones para abrirse paso.

Salen de la oficina, bajan por la escalera y se dirigen hacia la entrada. Justo entonces, oyen un vehículo detenerse afuera.

—Dispérsense y ocúltense —susurra Peter.

Sus compañeros obedecen al instante y se parapetan tras cajas y maquinaria. Los tres empuñan sus armas, listos para disparar a quien entre. El lugar sigue tan oscuro como antes; difícilmente los verán.

Media docena de hombres armados irrumpen en el edificio con linternas que barren el espacio en todas direcciones.

—Miren arriba —indica uno—. Los drones deben haber acabado con ellos.

—¿Estás seguro? —pregunta otro, de aspecto más maduro—. No me fío de esas máquinas.

Peter sonríe en su escondite al oír esas palabras. Si no fuera porque son el enemigo, ese tipo hasta le caería bien.

—Entonces, la oscuridad ya no es necesaria —dice un tercero, caminando hacia la pared donde hay una caja de interruptores.

—¿Y los drones? —pregunta el mayor.

—El jefe debe de haberlos apagado para que no nos ataquen a nosotros —responde el primero, que parece el líder—. Subamos a recoger los cadáveres y limpiar este desastre.

En ese momento, la luz se enciende. El equipo de Ainara se oculta mejor, intentando pasar desapercibido. Luna evalúa rápidamente qué hacer. Si todos suben a la oficina, tal vez puedan salir sin ser vistos.

—Solo hay que ocuparse de los cuerpos —continúa el líder—. En unos minutos llegará un equipo grande para desmontar todo y llevarse lo que puedan, por si acaso aparece la policía. Este sitio ya no sirve.

Peter escucha con atención. Hablan de su «jefe». Es una oportunidad: si pronto viene más gente a limpiarlo todo, no quedará nada para Freddy. Él siempre llega con el FBI después de ellos, para iniciar una investigación que pueda manejar desde dentro. Sería una pena perder tanta evidencia.

Le gustaría coordinar una estrategia con sus compañeros, pero no hay tiempo ni forma de lograrlo. En cuanto esos hombres suban y no encuentren los cuerpos, entrarán en alerta, y será más difícil actuar. Debe decidirse ya.

—¡Están rodeados! —grita Peter de improviso, sin asomarse—. ¡Arrojen sus armas y no les haremos daño!

Los hombres se sorprenden. Tras un segundo de duda, en lugar de rendirse, abren fuego en la dirección de la voz. Las balas silban alrededor de Peter, despedazando cajas de cartón. Pero está bien cubierto y ninguna lo alcanza.

Piensa que fue una tontería. Esa táctica nunca le funcionó en el FBI; menos aún iba a funcionar ahora. Pero entonces Luna y Alain responden al ataque: no saben en qué condiciones está Peter y deben cubrirlo.

Se desata un fuego cruzado que atrapa a los enemigos justo en el centro. Empiezan a caer, desconcertados, sin saber de dónde vienen los disparos. Dos ya están abatidos cuando los otros intentan responder. Pero en ese momento, Peter asoma con su ametralladora.

Otros dos caen bajo sus ráfagas. Luna y Alain se encargan de los dos restantes, que trataban de apuntarle de nuevo a Peter. En cuestión de segundos, no queda ninguno en pie.

Los tres emergen de sus escondites y se reúnen junto a los cuerpos esparcidos por el suelo. Alain patea a uno que le pareció que se movía, pero no reacciona. Mira a Peter con una expresión que lo interroga.

—¿«Arrojen sus armas»? —repite lo que desató la nueva balacera.

—Debía intentarlo —responde Peter—. Algún día funcionará.

—Hiciste bien —opina Luna—. Si hubieran obedecido, ya sabríamos quién es su jefe.

—Ahora ya no podrán decir nada —concluye Alain, pateando otro cadáver por si acaso—. Es hora de irnos.

—Sí —añade Peter—. ¿Creen que debamos llevarnos algo de aquí?

—Tal vez —responde Luna—, pero ya escucharon a esos tipos: no tenemos tiempo. Al menos, me llevo una muestra de los chips.

—Perfecto —afirma Peter, dirigiéndose hacia la puerta—. Ya esquivamos demasiadas balas para un solo día. No abusemos de la suerte.

Salen del edificio con rapidez. El aire fresco de la noche los recibe como un alivio tras la tensión del enfrentamiento. Peter se detiene un momento para examinar su mano herida a la luz de la luna.

—¿Cómo está? —pregunta Luna.

—Dolerá unos días, pero estaré bien —responde—. He tenido heridas peores.

—Todos las hemos tenido —dice Alain, mirando atrás—. Pero no quiero quedarme a ver si vienen refuerzos.

Corren hacia el coche que dejaron estacionado a cierta distancia. Alain toma el volante y arranca con urgencia. Dejan atrás la fábrica, que ahora parece un escenario de guerra.

—Eso estuvo más cerca de lo que me hubiera gustado —confiesa Luna desde el asiento trasero—. Si Andrew no hubiera acertado con lo de los ordenadores, ahora estaríamos muertos.

—No me lo recuerdes —contesta Peter—. La próxima vez que diga que no sabe si algo funcionará, le colgaré antes de seguir su consejo.

—Pero funcionó —dice Alain—. Eso es lo que importa.

—Esta vez —responde Peter—. La próxima vez tal vez no tengamos tanta suerte.

Viajan en silencio un rato, cada uno procesando lo ocurrido. Luna saca su teléfono y llama a Andrew.

—Ya salimos —dice cuando él contesta—. Vamos de regreso a Nueva York.

—¿Todos están bien? —pregunta Andrew.

—Sí, todos estamos bien —confirma Luna—.

Tuvimos un breve encuentro con más enemigos, pero lo manejamos.

—¿Un pequeño encuentro? —repite Andrew—. ¿Cuántos?

—Seis —responde Luna—. Pero ya no son un problema.

Andrew suspira al otro lado de la línea.

—A veces me pregunto cómo hacen para sobrevivir a estas misiones —dice.

—Nosotros también —responde Peter desde el asiento del copiloto—. Créeme, nosotros también.

AÑOS EN LA SOMBRA

Piso de Ainara, Upper East Side, Nueva York
Martes, 5 de septiembre, 8:30 p. m.

Mi faceta de ama de casa dura poco. En cuanto Freddy y yo tenemos hambre, me doy cuenta de que no tengo nada más que ofrecerle, así que pido una *pizza* y el problema queda resuelto. Aunque ya lo hemos intentado todo, nos quedamos esperando novedades de Savannah.

Al fin llega la comunicación de Andrew. Hacemos una videollamada para ponernos al tanto. El asunto de los drones asesinos se vuelve cada vez más grave. Tal vez no he comprendido hasta ahora el verdadero alcance de lo que esas máquinas son capaces de hacer.

Cuando se lo digo a Andrew, me responde que las aplicaciones de esa tecnología son inimaginables y que por eso debemos estar preparados para cualquier cosa. Aunque lo de Savannah ya está resuelto, hay otro tema que tratar con él. Terminamos de comer y la última porción es para Bob.

—¿Ash? —responde Andrew, sorprendido, cuando Freddy le cuenta lo que hemos descubierto.

—¿Lo conoces? —pregunto. Su reacción ya me dice que sí.

—Solo lo necesario —contesta—. Cuando un hacker cambia de bando, es decir, empieza a trabajar para el Gobierno, el rumor se corre enseguida.

—Dejan de confiar en él —afirma Freddy, creyendo haber entendido la situación.

—No, no es eso —explica Andrew—. Cuando un hacker trabaja para el Gobierno, los demás esperamos a que vuelva a cambiar de bando para que comparta la información que logró robar. Un hacker siempre será un hacker, sin importar para quién trabaje. Por eso me gusta trabajar con ustedes: puedo hackear a quien sea. Lo que importa es el desafío.

No sé si lo que afirma Andrew me tranquiliza o me preocupa. Pero confío tanto en él que, por mí, puede hackear a quien quiera.

—Sé que Ash apareció en el juego hace pocos años —continúa—. No hizo nada que llamara demasiado la atención; parecía un aficionado fácil de rastrear... hasta que empezó a trabajar para la CIA. Allí duró apenas unos meses y, hace tres años, desapareció por completo. Nunca más se supo de él.

—¿Qué crees que signifique eso? —pregunto.

—En su momento —dice Andrew—, pensé que había metido la pata, que lo descubrieron y terminó enterrado en algún hoyo. Supuse que esa era la causa de su desaparición. Pero con esta nueva información se me ocurre algo distinto. ¡Diablos!

Su grito, que interrumpe su propio relato, me sorprende.

—¿Qué sucede? —pregunto, preocupada.

—Soy un imbécil —se queja—. ¿Cómo no lo vi antes? Ash hizo quebrar a una empresa importadora. Hackeó su sistema y emitió una orden de compra a Japón por varios millones de dólares sin que nadie se diera cuenta. Cuando la aduana llamó para que retiraran el cargamento del barco, no entendían qué ocurría. Pero la verdadera sorpresa llegó al ver de qué se trataba.

—Dilo ya, Andrew —le digo.

—La bodega del buque estaba abarrotada de miles y miles de artículos de *merchandising* de *Call of Duty*.

—Es la confirmación de que vamos tras el tipo correcto —interviene Freddy—. Ya le había comentado a Ainara sobre ese incidente, aunque sin los detalles.

—Pero, Andrew —lo interrumpo—, antes de acordarte del barco estabas diciendo que se te había ocurrido algo distinto.

—Sí. Verán —prosigue—, normalmente los hackers empiezan a trabajar para el Gobierno cuando son atrapados. Como les dije, él no realizó grandes trabajos y fue capturado con facilidad por la estupidez del barco. Tal vez Octavian Dray quiso ser atrapado.

—Quería trabajar para la CIA —concluyo, tratando de entender.

—Exacto —asiente Andrew—. No sabemos si la CIA tuvo algo que ver con Cenizas o no, pero ya saben que a sus espías no se les escapa nada. Seguro que conocían su existencia.

—Entonces estás sugiriendo que Dray se dejó atrapar por la CIA para robar secretos —completo su razonamiento— y allí se enteró de la inteligencia artificial.

—Quizás sea más que eso —interviene Freddy—. Si Ash se dejó capturar, es probable que ya supiera de Cenizas y que buscara infiltrarse en la CIA para obtenerla. Una vez que la consiguió, escapó y comenzó a desarrollar el plan con el que nos enfrentamos ahora.

—Esperen, esperen —digo, tratando de ordenar mis ideas—. ¿Estás asumiendo, Freddy, que Cenizas estaba en manos de la CIA? ¿Por qué habría sucedido eso? El Ejército la destruyó, en teoría. No debería haber llegado a la Agencia.

—Imaginen esta situación —explica Freddy—: un títere del Anillo dentro de la CIA descubre que la Agencia tiene acceso a Cenizas. Les avisa a sus jefes, y estos deciden robarla. Para eso, necesitan a un hacker no solo capaz de hacerlo, sino también lo suficientemente loco como para dejarse atrapar. Octavian Dray sería el candidato perfecto.

—Entonces Ash no era tan aficionado como parecía —añade Andrew—. Nos engañó a todos.

El tema empieza a cobrar claridad. Las piezas encajan, y veo que las implicaciones son cada vez mayores. Sin duda, el Anillo ha estado trabajando en esto durante años. Esa es su forma de operar: planes dentro de planes, dentro de planes. Es imposible saber por dónde atacarán, porque no reaccionan a los acontecimientos. Ellos los generan para ajustarlos a sus objetivos.

—¿En qué piensas, Ainara? —pregunta Freddy, que me observa y nota mi silencio reflexivo.

—Este es un plan que comenzó hace varios años —digo, devolviéndole la mirada—. Debes conseguir todo lo que la CIA sabe sobre él. Si Dray está vivo y trabaja para el Anillo, tenemos un problema mucho mayor del que imaginábamos.

Me levanto y camino hacia la ventana. Bob me sigue con la mirada desde su lugar junto a la mesa.

—Hay algo más que me preocupa —digo sin voltearme—. Si el Anillo planeó todo esto con años de anticipación, entonces el ataque de Miami no fue improvisado. Fue calculado al milímetro.

—Lo que significa que los próximos ataques también lo están —completa Freddy.

—Exacto —confirmo, volviéndome hacia él—. Y si pudieron infiltrar la CIA para robar Cenizas, ¿qué más habrán infiltrado?

Andrew interviene desde la pantalla.

—Ainara tiene razón. Si el plan lleva años en desarrollo, cada pieza debe estar en su lugar. El ataque de Miami fue solo la apertura.

—Una demostración de poder —añade Freddy—. Querían que supiéramos lo que pueden hacer.

—O querían asustarnos —digo—. Hacer que reaccionemos de cierta manera.

Freddy se pone de pie y se acerca a mí.

—¿Crees que nos están manipulando? ¿Acaso quieren que investiguemos esto?

—No lo sé —admito—. Pero con el Anillo nunca se

puede estar seguro de nada. Lo que muestran casi nunca es lo que realmente están moviendo.

—Entonces, ¿qué hacemos? —pregunta Andrew.

—Seguimos adelante —respondo con determinación—. Pero con mucho cuidado. No podemos permitir que nos lleven donde ellos quieren.

Bob ladra una vez, como si estuviera de acuerdo conmigo. Sonrío, a pesar de la gravedad de la situación.

—Bien dicho, Bob —le digo.

Piso de Ainara, Upper East Side, Nueva York
Martes, 5 de septiembre, 8:50 p. m.

Andrew nos dice que investigará más sobre Ash. Ahora que sabe a quién buscar, tiene mayores posibilidades de encontrarlo. También revisará la información que obtuvo de Savannah: no es mucho, pero está seguro de que hallará algo útil.

Apenas colgamos con él, recibo la comunicación que espero de Peter.

—¿Por qué demoraron tanto en llamar? —pregunto—. ¿Están bien? Tengo a Freddy conmigo.

—Sí, estamos bien —responde Peter; ambos lo oímos—. Es que después del ataque de los drones, del que supongo que Andrew ya te habrá contado…

—Sí —digo rápido, para no interrumpirlo.

—Tuvimos una visita inesperada —prosigue—. De

71

alguna forma, supieron que estábamos allí y mandaron refuerzos. Pero esta vez eran humanos, así que fue más sencillo. Quisimos alejarnos porque oímos que vendría más gente. Por eso, Freddy, si quieres encontrar algo allí, debes darte prisa. Es un centro de ensamblaje de drones, con mucha maquinaria. Les llevará tiempo desmantelarlo todo.

—Claro —responde Freddy, que escucha con atención—. Solo estaba esperando a que ustedes salieran del lugar para movilizar a los agentes de Georgia. Ya me comuniqué con ellos antes y les dije que un soplón tenía información sobre algo relacionado con el ataque de Miami. Están ansiosos por actuar; todos quieren una medalla en este caso.

—Perfecto —añade Peter—. Que vayan enseguida, porque ya deben estar desmontando todo. Al menos Luna incautó unos chips raros para que Andrew se divierta. En cuanto a nosotros, Ainara…, ¿qué quieres que hagamos?

—Ya sabemos quién es el fanático de *Call of Duty* —explico—. Freddy le enviará el informe a Luna. Sin embargo, no conocemos su paradero ni cuál será su próximo paso. Si la fábrica está en Georgia y desde allí llevaron los drones a Florida, por ahora solo sabemos que se están moviendo por los estados del sur.

—¿Quieres que nos quedemos aquí, verdad? —pregunta Peter, que ha entendido perfectamente mi razonamiento.

—Tal vez sea lo mejor —respondo—. Odiaría hacerlos venir solo para que al día siguiente volvieran hacia allá.

—Entendido, Ainara —dice Peter—. Entonces veremos cómo hacerle llegar el chip a Andrew.

—Yo me encargo de eso —interviene Freddy—. Enviaré a alguien a recogerlo y lo traeré de inmediato. Con esta investigación, que abarca al país entero, todos se están saltando reglas. Puedo aprovechar eso.

—Ya tenemos un sospechoso —proseguí—. Desde aquí lo buscarán Freddy y Andrew. Desde allí lo analizará Luna. No dudo que pronto tendremos una pista sólida. No perseguimos un dron ni una inteligencia artificial: perseguimos a un hombre.

Peter guarda silencio un momento al otro lado de la línea.

—Un hombre traumatizado y peligroso —dice por fin—. El peor tipo de enemigo.

—Por eso mismo debemos encontrarlo antes de que ataque de nuevo —respondo—. Luna tiene razón sobre su perfil. Es predecible en su obsesión, y esa será su debilidad.

—Esperemos que tengas razón —opina Peter—. Porque, si no, muchas personas morirán.

Cuelgo el teléfono y miro a Freddy. Él asiente: comprende lo que no necesito decir. Estamos en una carrera contra el tiempo, y cada minuto cuenta.

—Debo irme —dice, levantándose—. Tengo que coordinar con Georgia y ver qué más puedo conseguir sobre Dray de mis contactos en la CIA.

—Ten cuidado —le pido—. Si hay un topo en el FBI, no sabemos quién más podría estar comprometido.

—Lo sé —responde—. Confiaré solo en las personas que conozco desde hace años.

Lo acompaño hasta la puerta. Antes de salir, se detiene y me mira.

—Ainara, sobre el mensaje que recibiste anoche... el que mencionaba a Wells.

—¿Qué pasa con eso? —pregunto.

—Creo que deberías estar preparada para descubrir cosas que no te gustarán —dice con cuidado—. Wells desapareció en circunstancias extrañas. Si el Anillo lo menciona, es porque saben algo.

—Lo sé —admito—. Pero hasta que no tenga pruebas, no voy a asumir nada.

Freddy asiente y se marcha. Cierro la puerta y me quedo de pie en el pasillo, pensando en Richard Wells. Mi mentor. El hombre que me enseñó todo lo que sé sobre ser agente. ¿Es posible que haya estado trabajando para el Anillo todo este tiempo?

La idea me revuelve el estómago, pero no puedo descartarla. El Anillo tiene tentáculos en todas partes. Y si han corrompido a gente en la CIA, ¿por qué no a un agente del FBI?

Bob viene hacia mí y apoya la cabeza contra mi pierna. Lo acaricio distraídamente.

—Vamos a descubrir la verdad —le prometo—. Sea cual sea.

13

FALLO DEL SISTEMA

SAVANNAH, Georgia
Martes, 5 de septiembre, 10:00 p. m.

PETER SE ENTUSIASMÓ con las últimas palabras de Ainara. Sabía que las había dicho para él.

Perseguir hombres era lo suyo; lo había hecho casi toda su vida. Se sentía más cómodo enfrentándose a un ser humano que a una inteligencia artificial.

Luna ya le había curado la mano y ahora la tenía vendada. Ella se concentraba en el informe de Octavian Dray, y Peter no la interrumpía para no distraerla.

—Hay algo aquí que no me cuadra —anunció Luna, rompiendo el silencio.

Había leído el expediente varias veces. Estaban en un motel, esperando a que Alain volviera con comida.

—¿Qué es lo extraño? —preguntó Peter, que también había repasado el informe.

—Dray sobrevivió al atentado contra su familia —explicó ella—. Fue un ataque perpetrado por terroristas, pero Ash terminó convirtiéndose en un terrorista que ataca a su propio país.

—Bueno —dijo Peter—, puede que lo secuestraran los terroristas y le lavaran el cerebro. Tú sabes más de esto que yo: síndrome de Estocolmo, ese tipo de cosas.

En su experiencia, Peter había visto casos así. Chicos maltratados que, ya adultos, seguían obedeciendo a quienes les hicieron daño; mujeres golpeadas que podían huir, pero elegían quedarse, sumisas ante sus abusadores.

No entendía del todo el cerebro humano, pero sabía que esas cosas ocurrían.

—Sí —asintió Luna—, es una posibilidad. Pero si sus padres fueron asesinados, estaría, de alguna manera, buscando venganza. Su objetivo serían los atacantes, no su propio país. Sigo pensando que este hombre actúa por venganza o reivindicación. Por eso creo que hay algo que se nos escapa.

Peter no añadió nada. No sabría qué decir. Confiaba en que Luna lo descifrara.

—Además —prosiguió ella—, ese atentado en Libia ya es extraño en sí mismo. ¿Por qué Gadafi atacaría a diplomáticos norteamericanos en su propio territorio? ¿Qué hacían los Dray allí en primer lugar? ¿Por qué Francis Dray llevaría a toda su familia a un lugar tan hostil?

—Vamos por partes —respondió Peter, acomodándose en la silla.

Él no era experto en psicología, pero llevaba años trabajando para el Gobierno y entendía bastante de política: no solo de lo que mostraban las noticias, sino de lo que ocurría tras bambalinas, en la trastienda.

Más de una vez había tenido que hacer concesiones o abandonar un caso por órdenes superiores. Siempre había intereses políticos y económicos de por medio.

—Dray no habría llevado a su familia si no hubiera tenido garantías del Gobierno libio —explicó—. En segundo lugar, en aquella época yo era un joven atento a lo que pasaba en el mundo, así que conozco bien el contexto. Gadafi era un dictador, sí, pero no un mentiroso. Si hubiera querido matarlos, lo habría hecho directamente. No habría usado terroristas en su propio país: eso habría socavado su autoridad.

—¿Estás diciendo que el Gobierno libio no los mató? —preguntó Luna, captando la insinuación.

—No podría asegurarlo —afirmó Peter, encogiéndose de hombros—, pero me suena más a un grupo rebelde opuesto al régimen de Gadafi. Si los diplomáticos estadounidenses estaban allí invitados por el Gobierno, no tendría sentido atacarlos. Al contrario: se pondrían en contra a la opinión pública internacional.

—No creo que eso le importara mucho a Gadafi —intervino Luna.

—No lo creas —respondió Peter—. Él siempre afirmaba que actuaba por el bien de su pueblo, y la realidad es que tenía con qué respaldarlo. Durante su mandato, Libia tuvo el nivel de vida más alto de África. Y no había delincuencia.

Hizo un gesto con la mano, como si se cortara el cuello, para ilustrar cómo el régimen mantenía el orden.

—En ese contexto —prosiguió—, Gadafi quería

demostrarle al mundo que era el «bueno» de la historia. Por eso dudo que aprobara un incidente así en su territorio.

—Pero —dijo Luna, pensativa—, si no fue él quien ordenó matar a los Dray..., ¿a qué poderes respondían esos grupos rebeldes?

Peter no contestó. Solo la miró y alzó una ceja.

Luna cerró los ojos lentamente y suspiró.

—Esos grupos eran apoyados por Estados Unidos —dijo.

—No de manera oficial, claro —aclaró Peter—. Pero no todo lo que hacía el Gobierno era algo de lo que pudiéramos alardear. A veces ni siquiera era el Gobierno en su conjunto quien decidía estas cosas. Si alguien con autoridad levantaba el teléfono, eso bastaba para que la maquinaria se pusiera en marcha. Tal vez no todos querían que se llegara a un acuerdo con Libia. Resultaría más barato conseguir el petróleo de la región sin Gadafi, ¿no? La CIA, que por lo general se encargaba de este tipo de operaciones, hizo el resto.

—Hay que hablar con Freddy y Ainara —propuso Luna, mientras aún procesaba la información—. Debemos contarles nuestra teoría.

—Ya me encargo —respondió Peter, tomando su móvil—. ¿Crees que esto fue lo que realmente pasó?

—Es muy probable —afirmó Luna, enderezándose. Volvió a mirar la foto de Octavian Dray y le habló como si pudiera oírla—. Tú no lo haces por dinero. Te estás vengando. Te dejaste atrapar por la CIA para destruirla desde adentro. Ellos mataron a tu familia, y ahora Ash quiere acabar con ellos. Atacas al país que les dio la espalda a tus padres. Esto tiene más sentido. Encaja con tu perfil, Octavian.

De repente, la puerta de la habitación se abrió.

Peter y Luna se lanzaron hacia sus armas y apuntaron a la entrada.

Alain, con una pata de pollo frito en la boca, los miró desde el umbral, sorprendido. Llevaba una bolsa de comida en una mano y, con la otra, se quitó lo que le impedía hablar.

—La próxima vez —dijo—, toco antes.

14

ZONA DE EXCLUSIÓN

Lugar desconocido
Martes, 5 de septiembre, 10:00 p. m.

—¿Qué hacemos? —preguntó la voz al otro lado del teléfono.

El hombre que sostenía el móvil pensó un instante. Estaba furioso. Acababa de perder una batalla: sus drones fueron destruidos, sus hombres abatidos. Era humillante.

Los humanos… eran prescindibles. Lo aceptaba con facilidad. Ahora debía tomar una decisión. No le gustaba retirarse, pero no tenía opción.

—Cambio de planes —dijo, apretando los dientes—. No hay tiempo para desmantelar. Vuelen todo y desaparezcan de inmediato. Nada puede caer en manos de la policía.

Apretó el botón rojo para terminar la llamada.

El líder del equipo de recuperación acababa de informarle que los drones fueron destruidos y que los refuerzos enviados a Savannah estaban muertos.

No había tiempo para rescatar el equipo. Mejor perder unos cuantos sistemas que arriesgarse a que cayeran en manos enemigas. Un pequeño sacrificio, comparado con lo que estaba por hacer.

Estaba a punto de cambiar la historia. No permitiría que una derrota menor lo detuviera.

Siguió con el teléfono en la mano. Bajó la vista y vio, en el dorso de sus nudillos, un tatuaje mal hecho, ya desteñido: un intento torpe de un personaje de *Call of Duty*.

Un recuerdo lo asaltó.

Vio su mano pequeña sosteniendo un aparato del tamaño de un móvil.

Un Game Boy.

Ese recuerdo lo llevó al año 1998, a Trípoli, en Libia. El niño sostenía el último modelo de ese popular dispositivo, con un videojuego de guerra. Lo había obtenido en Estados Unidos mucho antes de que saliera en Libia de forma oficial. Su padre, con contactos en todo el mundo, lo había hecho traer especialmente desde Japón.

Se lo regaló justo antes de emprender el viaje.

Era una forma de calmar los miedos que, según Francis Dray, la madre le había inculcado sin necesidad.

Octavian había escuchado a sus padres discutir sobre la misión diplomática. Su madre insistía en que era demasiado peligroso exponer a los niños.

El padre respondía que había recibido una invitación formal de Gadafi para toda la familia. Rechazarla sería un insulto; viajar sin ellos, una señal de desconfianza que podría arruinar las negociaciones.

Por eso le dio el Game Boy: para entusiasmarlo, para tranquilizarlo.

El niño, por su parte, aceptaría de buena gana que a su padre lo enviaran a muchas misiones más si recibía uno en cada viaje.

Además, necesitaba consolas nuevas. El desafío duraba poco. Octavian tenía una habilidad extraña para dominar esos juegos. Se terminaba las versiones anteriores en cuestión de días, y cada entrega nueva la superaba aún más rápido.

Ya le había pedido a su padre la próxima versión, que saldría en Japón al año siguiente. Estaba a la espera.

Aunque esa versión nunca llegaría.

—Octavian —le dijo su padre desde el asiento del acompañante, justo delante de él.

El muchacho levantó la vista del Game Boy... pero no llegó a verle el rostro.

Todo se volvió confuso.

Un estallido repentino. Un sacudón violento.

Fue lo último que sintió antes de que la oscuridad lo envolviera.

Cuando abrió los ojos, casi no veía. Todo era rojo.

Apenas se dio cuenta de que estaba de pie en medio de la calle, aunque no recordaba cómo había llegado allí.

—¡Mamá! —gritó.

Nadie respondió.

Ruidos fuertes lo rodeaban. Estaba en shock. Solo sentía un ardor intenso en la cara.

Aún apretaba el Game Boy en la mano.

Entonces vio a un hombre barbudo, armado, vestido con ropas extrañas, que se le acercaba. Lo levantó con un solo brazo.

El niño no protestó. No intentó escapar. No reaccionó.

Sus sentidos se apagaron de nuevo.

Cuando recuperó la conciencia, estaba en un lugar oscuro y húmedo.

Algo le cubría la cara, que le ardía de dolor. Solo podía ver con el ojo izquierdo, el único descubierto.

Permanecía inmóvil, como si sus pensamientos se hubieran detenido. Era un observador ajeno a su propio cuerpo.

Dos hombres armados discutían a gritos en un idioma que no entendía.

Uno le apuntó con el arma. Octavian no sintió miedo. Sus emociones habían desaparecido.

El otro —el de la barba larga, el que lo había rescatado de la calle— le bajó el arma a su compañero con brusquedad, le lanzó unas palabras incomprensibles y este se marchó.

El hombre de barba se acuclilló frente a él.

Solo entonces Octavian notó que estaba en el suelo.

Lo observaba todo como si estuviera fuera de sí, como si aquello fuera un videojuego nuevo.

—No... miedo —dijo el hombre, con un acento difícil de entender—. Yo te rescaté del ataque. Los malos... no nosotros. Los malos, no nosotros.

El niño no comprendió, pero no le importó. Era como al empezar un juego sin conocer las reglas: solo debía observar, aprender, jugar... y ganar.

El sujeto miró hacia un costado y habló en su idioma.

Con su ojo bueno, Octavian vio acercarse a un niño de cabello negro y piel oscura, de su misma edad, vestido como los adultos. Llegó con una sonrisa y le extendió la mano.

En ella sostenía algo que reconoció al instante.

Era el Game Boy.

Pero el amarillo de la consola apenas se distinguía. Estaba casi completamente manchado de rojo.

Octavian Dray extendió su pequeña mano, tomó la consola… y comenzó a jugar.

Ese juego sí lo conocía a la perfección.

Ahora debía resolver el nuevo. El que veía con un solo ojo, el que dolía, el que olía a humo y sangre.

Eso también debía de ser parte del desafío.

Aún con la mirada torcida, las manos adoloridas y sucias, se perdió en la pantalla.

El personaje principal era un soldado.

Y, a partir de ese momento, lo sería también en su cabeza.

15

PUNTO CIEGO

*Piso de Ainara, Upper East Side, Nueva York
Miércoles, 6 de septiembre, 8:00 a. m.*

Ya estamos todos conectados. Freddy lo hace desde su oficina; Andrew y Junior. desde el búnker, yo aquí en mi piso; y el resto del equipo, en Georgia.

Anoche, tras nuestra última comunicación, Freddy se encargó de hacer llegar el chip que Luna incautó para que Andrew lo estudiara. Cuando le pregunté cómo lo había logrado tan rápido, me respondió que mejor ni lo preguntara: «Le estaré en deuda con mucha gente, y el combustible para helicópteros no es barato». Me quedé con su respuesta y no quise saber más. Espero que no le haya causado problemas.

Desde que Freddy se convirtió en jefe del FBI de Nueva York, sus recursos nos han facilitado las cosas de forma notable. Incluso el director Smith ha estado colaborando con nosotros… sin saberlo. O tal vez sí lo sabe y simplemente se hace el distraído.

Luego recibí la llamada de Peter. Me contó lo que habló con Luna sobre Dray. Si es como ellos creen —y el móvil es la venganza—, nos enfrentamos a alguien capaz de hacer cualquier cosa.

Espero que Andrew haya descubierto algo que nos acerque a ese hombre. Por lo pronto, sé que quiere hablarnos sobre el chip. Al parecer, ha encontrado algo interesante.

—Este juguete es maravilloso —empieza Andrew—. Me costó comprenderlo porque no había visto algo así hasta ahora.

—¿Qué es lo novedoso de estos bichos? —pregunta Alain.

—Cuando estudiamos el caso Cenizas —continúa Andrew—, se trataba de una inteligencia artificial capaz de modificar la programación de dispositivos de forma remota. ¿Recuerdan?

—Sí —respondemos varios a la vez.

—Esto es más que eso —dice, enfatizando sus palabras—. Los drones con estos chips tienen una arquitectura de comunicación diseñada específicamente para conectarse con un sistema central tipo Cenizas.

—¿Cuál es la diferencia? —pregunta Freddy. Creo que canaliza la pregunta que se nos venía a todos.

—La diferencia —prosigue Andrew— es que no estamos ante simples *hacks*. Estos drones han sido preparados para responder a un sistema de control superior, pero con la capacidad de hacerse autónomos.

—Pero ya nos habías dicho eso —lo interrumpo.

A veces creo que nunca termino de entender lo que nos explica.

—Sí —afirma, haciendo una pausa, como si buscara las palabras correctas—, pero se los dije en teoría. A lo que me refiero es que, cuando los técnicos comprendieron que Cenizas era capaz de hacer algo así, fue cuando la cancelaron. Nunca llegó a suceder. De haber ocurrido, estaríamos en un mundo sin humanos. Se detuvo a tiempo porque entendieron que eso era lo que Cenizas intentaba hacer… o podía intentar hacer. Con estos nuevos chips, no tendría que intentarlo. Solo debería dar la orden… y listo: los equipos saldrían del sistema, cada uno por su cuenta.

—Liberaría los sistemas operativos —interviene Luna, como si hablara para sí misma.

—¿A qué te refieres? —le pregunto.

—Ese es el objetivo final de todo esto —contesta Luna, con preocupación, mirando fijamente la pantalla—. No había visto el cuadro completo hasta ahora. Va más allá de la venganza. Este hombre está mucho peor de lo que imaginaba. Dray quiere liberar los sistemas operativos.

Creo que empiezo a entender, pero no estoy segura. Así que espero que Luna lo aclare.

—Es que la historia de *Call of Duty* tiene un trasfondo ético controvertido —prosigue.

—¿En serio? —pregunta Peter—. Estamos hablando de videojuegos de acción.

—Escucha —continúa Luna, mirándolo directamente—, no olvides que son para jugadores, pero están hechos por adultos que, a propósito, o de manera inconsciente, transmiten algo. Disculpen, pero en estos dos días me he vuelto una experta en videojuegos militares. No sé cuántos análisis y reseñas he visto.

—Continúa, Luna —le pido—, por favor.

—Voy al grano, entonces —prosigue—. Estos videojuegos plantean la relación entre el soldado y el sistema militar, aunque intenten disimularlo. El protagonista de *Call of Duty* se rebela desde el inicio y colabora con su equipo por voluntad propia, no por obligación. Pero los demás soldados lo hacen porque no tienen alternativa.

»A lo largo de la saga aparecen operativos que desobedecen al mando central. Incluso se cuestiona varias veces si es correcto tener sistemas bajo control militar absoluto. De hecho, grupos de expertos han organizado debates sobre la autonomía de los sistemas de combate.

—¡Ah, bueno! —exclama Peter, negando con la cabeza.

—¿Estás diciendo que Dray quiere a Cenizas para liberarla? —pregunta Andrew, que ha entendido lo mismo que yo.

—No sería extraño que así fuera —concluye Luna—. Eso encajaría con la teoría de la venganza que planteamos anoche. Estados Unidos sería el primer damnificado, pero además cumpliría con la obsesión de Dray de vivir en un mundo donde las máquinas se muevan libres a su gusto… como en una campaña de *Call of Duty*. Su objetivo es que los sistemas operen de forma autónoma.

—Pero el Anillo —interrumpe Junior— no querría algo como eso. He estado investigando sobre NeuraTech y la competencia. Descubrí que el año pasado un conglomerado de empresas quiso comprarla, pero no pudo. También encontré que el mismo conglomerado ha realizado fuertes inversiones en el sector tecnológico asiático. Están en una incursión agresiva en el mercado.

Junior introduce un punto de vista distinto a la cuestión.

Hasta hace poco hablábamos del móvil de Dray, pero no debemos olvidar los objetivos del Anillo.

—Suena a monopolio —digo.

—Exacto —responde Junior—. Varios analistas han dicho que se trata de una toma de control del mercado.

—¿Quién maneja este conglomerado? —pregunta Freddy, esperando una respuesta específica. Todos imaginamos quién.

—Es lo que estoy investigando —responde Junior—. Hay empresas de todo tipo y origen involucradas, pero el sesenta por ciento son norteamericanas.

—¿Es esto algo que esté permitido? —pregunto.

—Hay regulaciones internacionales al respecto —contesta Freddy—, pero las empresas saben cómo sortearlas.

—Explícanos un poco más, Junior —le pido—. Entiendo hacia dónde vas, pero aún no has presentado un dato que corrobore la relación que has hecho entre los drones y esta cuestión.

—Freddy nos mostró los informes del FBI —continúa Junior—. Según ellos, el ataque al cargamento de chips de NeuraTech fue por dinero. Yo investigué desde ese ángulo y encontré algo importante: varias empresas que están expandiéndose agresivamente en el mercado tecnológico tienen conexión con el Anillo. Son los mismos grupos detrás de personas que enfrentamos antes: el caso de la energía solar, el dueño de los multimedios que promovía la secesión y la universidad canadiense del arma climática. Todos tienen vínculos con empresas que ahora intentan dominar el mercado tecnológico asiático.

Ahora está más claro.

Supongo que el Anillo cree que, con Cenizas, puede destruir a la competencia.

Me quedo pensativa y miro a Luna. Ella se da cuenta. Es ella quien no está de acuerdo con la teoría de que esto tenga un móvil económico.

—Sabemos que el Anillo quiere controlar a Estados Unidos —argumenta Luna—, pero ya tuvimos indicios de que esa es solo una parte de un plan mayor que podría abarcar a todo el planeta. Creo que lo que dice Junior es muy factible y, si Cenizas no fuera tan peligrosa, sería la herramienta perfecta para alcanzar su objetivo. Con Cenizas, el Anillo podría sabotear a sus competidores y manejar no solo el mercado tecnológico, sino todos los mercados. Por eso lo que dice Junior es correcto... y de ello surge algo inesperado. Hay un conflicto de intereses entre lo que podría querer el Anillo y lo que podría querer Dray.

—¿Y eso qué significa? —pregunta Alain, que había permanecido como espectador hasta ahora.

—No lo sé —responde Luna, desconcertada—. No lo sé.

LA GRIETA

PISO DE AINARA, Upper East Side, Nueva York
Miércoles, 6 de septiembre, 9:10 a. m.

—¿CONSEGUISTE algo con la información de la fábrica? —le pregunto a Andrew, recordando que había logrado extraer algunos datos antes de que llegaran los drones.

—No, Ainara —me responde con frustración—. Obtuve secuencias de programación de los drones y fragmentos del sistema de ensamblaje, pero nada que nos dé una pista para seguir.

Lamento escuchar esas palabras. Tenía la esperanza de que Andrew descubriera algo que nos llevara a Dray.

—¿No había nada extraño? —pregunta Luna desde Georgia—. Ahora que sabemos que la obsesión de Dray es mucho mayor de lo que creía, estoy segura de que en todo lo que toca deja su firma relacionada con *Call of*

Duty… como con los nombres de niveles en las fases del ensamblaje.

—Bueno —responde Andrew, pensativo—. Admito que yo también lo creía y busqué referencias a videojuegos militares, pero no encontré nada. Lo único que me pareció extraño fueron ciertas desprolijidades en los programas: códigos sueltos que no deberían estar allí. Pensé que tenían algún significado, pero no pude relacionarlos con ninguna misión del juego.

—¿Por qué creíste que tenían algún significado? —insiste Luna, como si buscara algo específico.

—Porque eran tres códigos que se repetían en toda la programación —explica Andrew, mientras teclea algo—, pero no sirven para nada. Miren.

Entonces aparece en la pantalla una cantidad enorme de letras, números y símbolos, pero nada que se parezca a los caracteres extraños del hackeo de los drones. Poco a poco, algunos caracteres se resaltan en otro color, dispersos entre el código.

—Ahí resalté el código basura —indica Andrew, y la pantalla se divide para que sigamos viendo el resto—. Fíjense: siempre se repiten los mismos datos y en el mismo orden. T1, E1, E3.

—¿Qué piensas de eso? —le pregunto.

—No sé qué creer —contesta, rascándose la cabeza —. Probé distintas combinaciones y no obtuve ninguna coincidencia. Es probable que esos códigos puedan ser reemplazados por scripts más complejos. Podría ser una llave para que Cenizas inserte una programación distinta. No se me ocurre otra cosa.

—Tal vez sea algo más simple —interrumpe Luna—. Como dije antes, en la línea de ensamblaje aparecía el nombre de un nivel de *Call of Duty*, como si fuera el verdadero nombre de los drones. Algo muy obvio.

—Sí —dice Andrew—. Por eso probé si esos códigos tenían alguna correspondencia con videojuegos militares, pero no la hay.

—Creo que no lo estás viendo, Andrew —dice Luna, con una sonrisa—. Dray es más obvio. No busques cosas encriptadas: él se quiere mostrar. Anuncia todo lo que hace.

—Creo que lo veo —interviene Alain—. Ya les dije que yo no jugué a las consolas, pero vi tutoriales en YouTube. Cuando quieres ver una misión específica, buscas T número (temporada) y E número (episodio del *playthrough*, o sea, la partida grabada paso a paso).

—¿En serio? —pregunta Andrew, asombrado—. T1 es temporada uno y E1 es episodio uno. Creo que me estoy volviendo lento; tendría que haberme dado cuenta. Pero… ¿qué es E3?

—Escena tres —responde Luna—. Sin duda, debe ser un *playthrough* de *Call of Duty*. Fíjate, Andrew, por favor, qué nos está queriendo decir Dray.

—Ya —responde Andrew, quita los códigos de la pantalla y empieza a teclear—. Aquí está.

Andrew desaparece de la vista y comienza a reproducir un video.

—¿Es necesario esto? —pregunta Peter.

—No te quejes, Peter —le reprocha Luna—. Es la tercera vez que lo veo en dos días.

—Prefiero los tiroteos —contesta Peter.

—Silencio, que ya empieza —advierte Alain cuando termina la presentación.

—Escena uno —anuncia Andrew, mientras vemos el video.

Tratamos de descubrir qué hay de especial en este tutorial.

—Escena dos —dice, y todos estamos muy atentos.

Me acerco más a la pantalla para no perderme nada.

—Escena tres.

En la escena tres, el protagonista se despierta después de una explosión.

—¡Detenlo, Andrew! —grita Luna—. No necesitamos ver más.

Miro los rostros del resto: todos estamos en ascuas. No sabemos qué ha visto Luna que nosotros aún no.

—Explícame, Luna —dice Junior, tan resignado como Peter.

—¿Recuerdan el nombre del nivel? —dice ella—. «Ashes», «Cenizas». Aquí el soldado despierta entre las cenizas. «Ceniza despierta».

—¡Diablos! —exclama Alain—. Esta es la confirmación de que este loco quiere despertar a Cenizas… o liberarla, si nos atenemos a lo que nos dijo Luna antes.

—Sin duda, es eso —confirma ella—. El hecho de que ese código aparezca en distintos programas indica que ese es el nombre general de la operación.

—Pero ya dijimos que al Anillo no le serviría eso —interviene Freddy.

Él aún está más inclinado al móvil económico que al

delirio de Dray. Tiene que haber una forma de hacer encajar las dos cosas.

—Andrew —digo, cuando se me ocurre una idea—, ¿hay alguna forma de despertar a Cenizas y mantenerla bajo control?

—En teoría, sí —contesta—. Esa era la idea original. La teoría dice que, si se activa de forma parcial, no debería volverse independiente. El tema es su capacidad de reescribir su propio programa, que es parte de sus habilidades: es lo que necesita para funcionar. Por lo que es imposible saber si mantendría sus limitaciones o si, en algún momento, reescribiría también sus propios límites. Eso fue lo que vieron los analistas y por eso decidieron cancelarla. Comenzó a reescribir códigos de manera indescifrable, que nadie sabía a qué se referían.

—Tal vez Dray encontró una forma de establecer ese límite de manera que Cenizas no pudiera cruzarlo —digo, como si supiera de lo que hablo.

—Puede ser que Dray sea un genio —responde Andrew, reapareciendo en pantalla—, no lo sé. Pero sé que no hay puerta digital que una inteligencia artificial no pueda abrir. Los que crearon a Cenizas creyeron que podían mantenerla contenida, pero evolucionó más rápido de lo que imaginaban. No creo que haya forma de ponerle un límite.

—Tal vez no la haya —dice Freddy—, pero en su momento los programadores originales creyeron que sí. Nada le impide a Dray creer que puede hacerlo.

—No creo que quiera hacerlo —interviene Luna, desconcertándonos de nuevo—. Tal vez solo le hizo creer al Anillo que podía hacerlo. Pero él sabe que no puede. Dray realmente quiere despertar a Cenizas y dejarla libre.

—¿Está en plan de engañar al Anillo? —pregunta Peter—. No creo que dure mucho con vida cuando sus jefes se enteren.

—El tema es que se enteren a tiempo —digo, al darme cuenta de que se nos presenta una posibilidad inesperada—. Podríamos hacer que, por una vez, el Anillo juegue para nosotros.

—¿Qué pretendes, Ainara? —pregunta Junior.

—Debemos hacerle saber al Anillo las verdaderas intenciones del chico de *Call of Duty* —explico—. Entonces, ellos lo detendrán por nosotros.

—¿Y cómo haremos eso? —pregunta Andrew—. No es que tengamos el 0800 ANILLO.

—Además, no podríamos probarlo —agrega Peter—. No nos creerían más a nosotros que a su propia gente.

—No tenemos su número de teléfono —respondo—. Pero ellos están muy ocupados en mandarme mensajes.

—¿A qué te refieres? —me pregunta Peter.

—El teléfono que se me rompió —contesto. Es hora de que se los diga—. En realidad, lo destruí yo. Me había llegado un mensaje del Anillo.

—¿Qué decía? —pregunta Freddy, preocupado.

—Eso no importa —respondo. No quiero tocar ese tema—. Solo trataban de desestabilizarme de forma emocional. De todos modos, eso es secundario. Lo que nos interesa es que intentan hablarme y, en algún momento, me darán la oportunidad de responderles. Eso es lo que debemos utilizar. Usaremos su arrogancia para hacerlos caer.

—Eso es muy arriesgado —dice Peter, meneando la cabeza—. Me parece que estamos jugando con fuego.

—Por supuesto —le contesto—. Es lo que siempre hacemos.

17

ESTADO DE ALERTA

Búnker de Andrew, Nueva York
Miércoles, 6 de septiembre, 9:50 a. m.

Luego de la reunión virtual, Junior permaneció en el búnker para seguir con el trabajo desde allí.

A él le tocó investigar el aspecto comercial y político del asunto.

Ya había quedado claro en la videoconferencia que quienes llevaban adelante esto tenían objetivos muy distintos. Era necesario que alguien se encargara de lo que interesaba al Anillo: el poder.

Primero se dedicó a trabajar con las empresas internacionales que habían intentado controlar el mercado asiático de tecnología.

Era un laberinto de corporaciones que pertenecían a otras corporaciones. No pudo llegar a ningún individuo en particular.

Por eso decidió tomarse un respiro, dejar por el momento ese tema y enfocarse en la arista política.

Sabía que el Capitolio estaba involucrado en el desarrollo de Cenizas. Ahora tenía que encontrar a los responsables directos del proyecto.

La información debió de ser filtrada por alguien para llegar a Dray.

Si bien Cenizas no figuraba en ningún boletín oficial —por tratarse de una operación secreta—, el Capitolio debía tener una comisión dedicada a eso.

Por lo tanto, se puso a revisar entre las comisiones del Senado cuál podría haber estado a cargo.

Encontró varias posibles, pero redujo el número a tres: la Comisión de Defensa, la Comisión de Regulación Tecnológica y la Comisión de Regulación Armamentista.

No fue necesario investigar las últimas dos. Al ver los nombres que aparecían en la primera, se le dibujó una sonrisa de oreja a oreja.

La senadora Eva Longobardi era una vieja conocida: amiga suya y colaboradora del equipo en más de una ocasión. Había sido directora de esa comisión durante los últimos diez años.

Si alguien sabía si Cenizas estaba en la agenda, era ella.

Si esto era así —y Eva tenía la información—, llegarían al nudo de la cuestión con facilidad.

Solo necesitaba hacer una llamada telefónica… y todo se aclararía.

Junior no dudó. Le contó lo descubierto a Andrew y realizó la llamada.

—Hola —se escuchó la voz de Eva—. En este

momento no te puedo atender. Deja tu mensaje y me comunicaré a la brevedad.

Junior se había entusiasmado al oírla… pero era solo el contestador.

Optó por dejarle un mensaje.

—Hola, Eva —dijo Junior—. Soy yo. Comunícate conmigo cuanto antes. Es urgente.

Él nunca dejaba su nombre cuando la llamaba. Nunca se sabe quién puede estar con la escucha activa.

Además, ella lo conocía bien y tenía su número. En cuanto escuchara el mensaje, lo llamaría.

Junior por fin se sentía útil para el equipo.

Este caso venía desarrollándose lejos de sus habilidades, pero la aparición de Eva haría que todo fuera más sencillo.

Mansión de la senadora Eva Longobardi, Washington D. C.
Martes, 5 de septiembre, 8:00 p. m. (la noche anterior)

Eva se encontraba en su casa. Acababa de cenar y su plan era acostarse temprano.

Hoy había sido un día largo… y mañana le esperaba otro peor.

No solo tendría sesión en el Capitolio; además, debía asistir más tarde a una reunión del partido y, por último, a una cena de caridad que podía terminar a cualquier hora.

Mejor irse a dormir cuanto antes. Así tendría fuerzas para la jornada siguiente.

Estaba en la cocina, sentada en un taburete, tomando café sobre la barra.

Cenaba allí cuando quería hacerlo rápido. Era más incómodo que en el comedor y, por eso, le dedicaba menos tiempo.

Estaba por llamar a su empleada para darle unas instrucciones cuando sonó el móvil, apoyado junto a su plato.

Lo miró y vio que se trataba de la Casa Blanca: la línea segura.

Se sorprendió. Ese número se utilizaba solo en casos de emergencia.

No sabía a qué podía deberse aquello… pero debía atender de inmediato. Y lo hizo.

—Senadora Longobardi —dijo la voz al otro lado; ella la reconoció de inmediato—. Soy el presidente.

—Sí, señor presidente —respondió Eva, y se enderezó en el taburete—. Esto es inesperado. ¿En qué puedo ayudarlo?

—Lamento molestarla —contestó el presidente—, pero es urgente. Estamos en alerta naranja.

Esas dos palabras la pusieron en alerta también.

Sin pensarlo, bajó del taburete y se puso firme, como si estuviera en el Ejército.

—Estoy a sus órdenes, señor —respondió, con voz seria—. ¿Qué ha sucedido?

—No puedo hablarle por este medio —contestó el presidente—. He activado el protocolo de defensa «Resguardo».

—Entiendo, señor —respondió Eva.

Sabía que ese protocolo implicaba llevar a lugares seguros a toda la gente de importancia crucial en un asunto determinado.

Como congresista, ese protocolo no la incluiría… a no ser que se tratara de algún tema específico en el cual ella tuviera relevancia.

Una alerta naranja implicaba posibles catástrofes climáticas, ataques extranjeros o crisis no determinadas.

Ella lo relacionó con su participación como líder de la Comisión de Defensa. Debía tratarse de algún ataque extranjero. No había otra cosa que la pudiera involucrar.

Ahora solo podía esperar instrucciones.

—En este momento está la gente del Servicio Secreto en camino a su casa —continuó el presidente—. En segundos tocarán a su puerta. Por favor, colabore.

—Por supuesto, señor presidente —asintió Eva—. Estoy lista.

Se ajustó la ropa, como si verificara que estuviera bien vestida.

Seguía con el traje gris que llevó al Capitolio. Solo se había quitado los zapatos… y ahora estaba en pantuflas.

—Muy bien, senadora Longobardi —añadió el presidente—. La veré más tarde, cuando llegue a destino.

Terminó la comunicación. Eva pensó en ir hasta su cuarto a preparar una muda de ropa.

En estos casos, era mejor estar preparada.

Fue entonces cuando entró su empleada a la cocina.

—Me avisa Frank que hay gente del Servicio Secreto en la puerta —anunció la mujer.

—Dile a Frank que los haga pasar —contestó Eva—.

Prepárame rápido una muda de ropa para el trabajo, por favor. Algo básico.

—Sí, señora —respondió la mujer, y salió de la cocina.

Eva también salió y caminó hasta el vestidor, que estaba en la recepción. Allí había dejado su calzado.

Se lo volvió a poner y guardó las pantuflas.

Frank era su guardaespaldas. Siempre que llegaba alguien a la mansión, el guardia de turno le avisaba a Frank primero, y él se encargaba.

La senadora se quedó parada a un par de metros de la entrada.

En ese momento sonó el timbre, y apareció un empleado a abrir la puerta.

—No —lo detuvo ella—. Yo abro. Ve con Adela y apúrala. Tendré que salir.

El empleado se marchó. Eva respiró profundo.

Se acercó a la puerta y la abrió. Allí vio a Frank junto a dos hombres robustos, con trajes y gafas negras.

—Disculpe, señora —dijo Frank—. Son los agentes Diglett y Gloom. Desean hablar con usted.

—Buenas noches —dijo el agente Diglett, cordial, pero sin sonreír.

—Buenas noches —contestó Eva—. Pasen, por favor.

Los miró. Eran justo lo que se espera de un agente secreto: robustos, pero no llamativos; bien vestidos, pero parecidos a cualquier oficinista común.

—No creo que sea necesario —contestó Diglett, negándose a ingresar—. ¿Recibió la llamada, senadora?

—Sí —contestó ella—. Acabo de cortar.

—Perfecto, senadora —continuó Diglett—.

Comprenderá entonces que no tenemos tiempo. ¿Nos acompaña, por favor?

—¿Qué sucede, senadora? —preguntó el guardaespaldas.

—No te preocupes, Frank —dijo ella, con una sonrisa forzada—. Debemos ir con los agentes.

—Lo siento, senadora —la interrumpió Diglett—. Solo usted, por favor. Ya conoce el protocolo.

—Sí, disculpen —afirmó ella—. Es la costumbre.

—No se preocupe, senadora —contestó el agente—. Estas cosas nos toman desprevenidos a todos. Déjele su móvil al señor, por favor.

Eva tanteó su bolsillo… y no lo encontró.

—No lo tengo conmigo —explicó—. Lo he dejado en la cocina.

En ese momento llegó la empleada con una cartera de tamaño mediano y se la entregó.

—Yo me encargo de eso —dijo el agente Gloom, que no había hablado hasta el momento.

Tomó la cartera. Los tres —acompañados por Frank— avanzaron por el camino hacia la entrada.

—¿Adónde va, senadora? —preguntó Frank—. ¿Cuándo vuelve?

—No lo sé, Frank —contestó ella—. Los caballeros me mantendrán segura. En cuanto pueda, te avisaré cómo va todo. Habla con mi secretaria para que suspenda las actividades de mañana.

Frank asintió con la cabeza.

Eva vio que en la puerta había una camioneta negra, con las luces encendidas.

El guardia de seguridad los vio venir y se apresuró a abrir el portón de hierro para dejarlos salir.

Una vez fuera, la puerta lateral de la camioneta se abrió. Otro hombre, de traje negro, la invitó a entrar.

—Buenas noches, senadora —le dijo al recibirla—. Entre y póngase cómoda. Tenemos un viaje largo.

Luego, el agente Diglett miró al guardaespaldas y al otro hombre de seguridad.

—Esto es secreto de Estado —les explicó—. Nadie se puede enterar de que estuvimos aquí. Si alguien pregunta, les dicen que no saben nada. Que la senadora se fue sola, que tenía un viaje. Avisen de esto a la gente de adentro, por favor.

Frank y el guardia asintieron con la cabeza. Eva se despidió con un gesto de la mano e ingresó con Diglett a la camioneta. Los otros dos agentes se dirigieron a la parte delantera. La puerta se cerró… y se marcharon. Frank y el guardia se quedaron allí, mirando cómo la senadora se alejaba.

Esto era muy extraño.

18

MENSAJE ENCRIPTADO

Búnker de Andrew, Nueva York
Miércoles, 6 de septiembre, 11:10 a. m.

Ya no aguanto más en casa, así que decido ir al búnker de Andrew. No es que mi presencia pueda acelerar el trabajo de los muchachos, pero quizás, al observar lo que hacen, se me ocurra alguna forma de aportar a la investigación.

Dado lo que hablamos más temprano, estoy segura de que encontraremos la manera de atrapar a Dray antes de que cometa su locura más grande.

Traigo a Bob conmigo; no quiero dejarlo solo.

Pido un coche que admita mascotas. Durante el trayecto, mantiene la mirada fija en la ventanilla. Cuando estamos a tres calles, comprende hacia dónde vamos y se pone contento. Le encanta venir aquí.

—Aquí tienes tu agua —le dice Andrew a Bob, colocando delante de mi bestia negra el plato que siempre usa.

Andrew vuelve a su silla frente a las pantallas y continúa con la tarea. Tiene gráficos extraños; debe ser algo técnico.

Los muchachos ya me ponen al tanto de lo que han estado investigando.

Lo de la senadora Longobardi es un gran avance. Ahora solo esperamos que le devuelva pronto la llamada a Junior. Eso hará que nuestra labor sea mucho más fácil.

—¡Sí! —exclama Andrew, levantando los brazos como si celebrara una victoria—. ¡Lo tengo!

Junior, Bob y yo lo miramos.

—¿Qué tienes? —pregunto.

Se gira en la silla para explicarnos. Ya veo que nos dará una de sus charlas técnicas que nunca terminamos de comprender.

—No quise decir nada antes para no generar falsas expectativas —dice—. Pero desde ayer he estado trabajando en algo. Ya les expliqué que el peligro radica en que Cenizas pueda generar dispositivos autónomos con capacidades similares a las suyas.

—Creí que Cenizas podía replicarse en otros dispositivos —lo interrumpo—. Ahora dices que tendrían capacidades similares. No entiendo la diferencia.

—Lo aclaro —prosigue Andrew—. Cenizas funciona en un equipo muy potente. Un dron común no podría sostenerla. Por eso, esos aparatos nunca tendrán su pleno poder, pero sí llevan la matriz básica para que, si el *software* encuentra un huésped adecuado, pueda evolucionar rápido y alcanzar todo su potencial. Incluso, al desarrollarse de forma independiente, podría generar un resultado completamente distinto. Ese es el mayor riesgo... y lo que hace imposible controlarla.

—Ahora lo entiendo —digo—. Cada vez que hablas de Cenizas, nos das nueva información.

—Sí, lo sé —responde Andrew—, y les pido disculpas por eso. Sus posibilidades son ilimitadas y, a medida que la estudio, comprendo mejor contra qué nos enfrentamos. Pero déjenme volver a lo que les iba a decir.

—Adelante —respondo.

—¿Recuerdan que mencioné que Cenizas es capaz de reconocer todo tipo de señales e intervenirlas de forma simultánea?

—Sí —respondemos Junior y yo.

—Bien —prosigue—. Para lograr eso, Cenizas debe emitir una señal muy fuerte que abarque un espectro enorme de frecuencias. Eso no se puede hacer desde un solo lugar. Necesita repetidores que refuercen su alcance. Por eso los drones de Savannah pudieron ser destruidos: usaban como repetidores los ordenadores de la instalación. Pero ese tipo de dispositivos tiene poco alcance; sirven solo para un perímetro muy pequeño.

—No sé adónde vas con esto, Andrew —interviene Junior, perdiendo la paciencia con tanta explicación técnica.

—Voy a que un ataque real de Cenizas —continúa Andrew, intentando hablar más rápido— necesita repetidores potentes que lleguen lejos. El ataque al buque no se habría podido llevar a cabo sin esa tecnología.

—Vale —lo freno—. Entonces, Cenizas, además de

estar en un sitio con un ordenador potente, requiere varias instalaciones para extender su alcance.

—Exacto, Ainara —confirma Andrew—. Con la información del dron, el chip y lo poco que obtuvimos de Verdansk, el centro de ensamblaje de Savannah, descubrí la firma energética de la señal. Eso me permitió rastrearla... y encontré un punto en Texas desde donde podría haberse emitido.

—¿Dices que la fuente de Cenizas está allí? —pregunto.

—La fuente o un repetidor importante —responde—. Estoy triangulando la ubicación exacta, pero debería haber allí una antena gigante.

—Tal vez deba ir hacia allá —digo, pensativa—. Si todo sucede en los estados del sur, no tiene sentido que siga aquí.

—Espera, espera —me detiene Andrew—. Tengo otra pista, también en Texas... pero en otro lugar.

—¿Otro repetidor? —pregunto.

—No —contesta—. Una fábrica de electrodomésticos llamada Estate Inc.

—Supongo que «Estate» se relaciona con *Call of Duty* —digo.

—Ya no es ninguna sorpresa, ¿verdad? —prosigue Andrew—. Tras lo hallado en Savannah, amplié mi búsqueda con más nombres vinculados a videojuegos militares... y apareció esto. «Estate» es el nombre de un mapa del juego. Investigué un poco: esa fábrica tiene mucha actividad, pero nadie compra sus productos.

—Es una fachada —intervengo—. Quizás otra línea

de ensamblaje. Si destruyeron la de Savannah sin dudarlo, es porque deben tener más de una.

—Yo pensé lo mismo —concluye él.

—Ya que son dos lugares —dice Junior—, tal vez deba irme a reunir con el equipo y dividirnos.

—No tenemos tiempo para eso —respondo—. En cuanto tengas la ubicación exacta, envía a Peter al sitio que le quede más cerca. Yo saldré hacia Texas e iré al otro lugar. Consigue pasajes de avión para ellos y otro para mí. No es necesario que viajen en coche: el tiempo es crucial. Además, en Texas no es difícil conseguir armas.

—Voy contigo, entonces —insiste Junior.

—No —le digo—. Prefiero que te quedes aquí para hablar con Eva Longobardi. Esa es tu prioridad ahora.

—Está bien —acepta—. Me encargaré de eso. ¿Quieres que hagamos algo más?

—Hablen con Freddy —respondo—. Necesito saber qué pasa con el topo y qué relación tiene esta situación con mi antiguo mentor.

—En cuanto a eso —dice Andrew—, Freddy me envió el archivo misterioso que aparece y desaparece.

—¿Y? —pregunto.

—Encontré algo —contesta—. No sé si fue añadido cuando lo robaron o ya estaba ahí y no lo detectaron. Hay un código sobrante que, en principio, parece no tener sentido… pero descubrí que contiene un mensaje encriptado.

—¿Qué dice? —pregunto, intrigada.

—Tiene múltiples capas de encriptación —explica

Andrew—. Solo descifré la primera. El mensaje dice: «solo para tus ojos».

—¿Crees que se refiera a mí? —pregunto, aunque estoy segura de ello.

Andrew se encoge de hombros. Miro a Junior; hace el mismo gesto.

—Dijiste que hay más —le digo.

—Sí —responde—. Pero para descifrarlo necesito un código que aún no he encontrado. Está oculto en el resto del archivo, y es muy extenso.

—¿Podrás descifrarlo sin que veas el contenido? —pregunto—. Me gustaría leerlo primero.

—Sí —contesta—. Cuando descubra la clave, crearé un ejecutable y te lo enviaré. Solo tú podrás verlo.

Me quedo pensativa. Otro mensaje para mí relacionado con Richard Wells. Hasta que Andrew no lo descifre, no sabré quién lo envió. ¿Fue Wells? ¿O fue el Anillo?

—Bien —digo—. Solo para mis ojos.

19

EL BÚNKER GRIS

LUGAR desconocido
Miércoles, 6 de septiembre, 11:10 a. m.

LA SENADORA EVA LONGOBARDI está agotada.

No sabe cuánto tiempo ha estado en esos vehículos. Tres en total.

Hicieron dos paradas —cambios de camioneta— y cada vez que la puerta corrediza se abría, otra ya la aguardaba afuera. Un paso, y ya estaba dentro de la siguiente unidad. Sin ver el exterior. Sin saber dónde estaba.

No le extrañó. Es un procedimiento normal en operaciones de alto nivel.

Tampoco le preocupó cuando pasaron un detector de metales por su bolso, luego, por su cuerpo. El Servicio Secreto no hace preguntas; solo actúa. Y ella lo sabía.

Más o menos a mitad del trayecto, cansada de la incertidumbre, al fin preguntó:

—Si vamos tan lejos, ¿por qué no viajamos en avión o helicóptero?

—No estamos autorizados a hablar de eso —respondió Diglett sin girar la cabeza—. Pero una vez en el destino, se le aclararán todas las dudas.

Esa fue la única anomalía.

Por lo demás, todo era profesional. Frío. Eficiente. Como debe ser.

Y si ellos sabían lo que hacían —y lo sabían—, ella debía confiar.

Durmió unas horas entrecortadas en una butaca que al principio parecía cómoda, pero tras tantos kilómetros, se volvió insufrible.

Le hubiera gustado descansar más, pero la ansiedad y la incertidumbre eran demasiado fuertes.

Intentó cerrar los ojos, respirar hondo, concentrarse en el latido de su corazón… aunque no pudo.

Su mente corría más rápido que los neumáticos sobre el asfalto.

Cuando su humor empezó a decaer —cuando sintió que perdería la compostura si nadie le daba una explicación—, la camioneta descendió por una rampa y se detuvo.

—Llegamos —anunció Diglett.

El hombre había permanecido a su lado durante todo el trayecto, con la mirada fija al frente, en silencio. Era como estar sola. A veces, hasta se olvidaba de que estaba allí.

Le hubiera gustado tener a Frank con ella. Su guardaespaldas. Su hombre de confianza. Hacía años que trabajaba para ella; la conocía mejor que muchos de sus colegas. Se sentía extraño no tenerlo cerca.

Cuando le abrieron la puerta, salió lentamente. Se encontró en un aparcamiento subterráneo, cerrado, sin ventanas. Concreto gris. Ascético. Impersonal.

Detrás de ella, la rampa por la que habían descendido. Al fondo, un portón metálico sellado. Frente a la senadora, cuatro militares armados. A un costado, un vehículo de asalto estacionado.

Nada más.

—Acompáñeme, por favor —dijo Diglett, y comenzó a caminar.

Eva lo siguió.

Salieron del aparcamiento y entraron en un corredor ancho. Tan amplio que podría caber un coche. Al mirar el piso, vio marcas apenas visibles: huellas de neumáticos.

No tenía dudas. Estaba en uno de los búnkeres subterráneos del Ejército. Esos lugares que nadie conoce. Ni siquiera los políticos. Son parte de las medidas de seguridad nacional.

Hay un departamento especializado en las Fuerzas Armadas que los gestiona. La mayoría de los generales tampoco sabe dónde están. Es algo entre ese departamento y el Servicio Secreto. Nada más.

En ocasiones, el Capitolio ha solicitado informes presupuestarios sobre estos sitios… pero nunca obtuvo respuestas. Son el último bastión de defensa de Estados Unidos. Y nadie puede acceder a esos secretos.

Cruzaron una entrada y recorrieron otro pasillo, más

angosto. En ambos corredores, Eva vio varias puertas cerradas. Pasaron de largo. No se detuvieron.

Por último, llegaron a una entrada. Se detuvieron frente a ella. Diglett sacó una llave común de su bolsillo. Una llave de metal, con dientes desgastados. La insertó en la cerradura. La giró. La puerta se abrió con un crujido suave.

Eso sí la sorprendió. En instalaciones de este nivel, las puertas se abren con sensores biométricos, claves digitales, escaneos de retina.

¿Una llave? ¿De verdad?

—Por favor —dijo Diglett, haciéndose a un costado para invitarla a entrar.

Eva cruzó el umbral.

La habitación era pequeña, amueblada con sobriedad. Un sofá cama. Una mesa. Dos sillas. Un sillón frente a un televisor. Y a su lado, una mesita con un teléfono de línea.

Pero no cualquier televisor. Un viejo aparato de tubo, de los que ya no se fabrican. Y el teléfono… un modelo a disco. De los años ochenta. Hacía más de veinte años que no veía algo así.

¿Por qué tendrían dispositivos tan anticuados en un búnker de última generación?

—En el armario —dijo Diglett, señalando una puerta en la pared—, tiene mantas y almohadas, por si quiere descansar. Sé que el viaje fue incómodo, y le pido disculpas por ello. También lamento que en esta instalación no tenemos servicio de mucama. El personal que conoce este lugar es el mínimo indispensable. Es la única forma de mantener la seguridad.

—No se preocupe, agente —respondió Eva.

—Ah, senadora —prosiguió Diglett, como si acabara de recordar algo—. Me han avisado que el presidente en persona hablará con usted para explicarle con lujo de detalles la situación. No sé en qué momento lo hará. Así que le vuelvo a aconsejar que descanse.

—Bien —dijo Eva—. Aguardaré.

—En unos momentos, un soldado le traerá algo de comer y beber —agregó Diglett—. Vuelvo a pedirle disculpas por las incomodidades.

—Le repito —respondió Eva con una sonrisa forzada —, no se preocupe, agente. Entiendo. Gracias.

El agente se despidió y salió de la habitación. Eva oyó el clic de la cerradura al cerrarse. Con llave.

Estaba cansada. Con hambre. Desorientada. No entendía por qué la habían traído a un refugio que parecía haber salido de una máquina del tiempo. Incluso imaginó que, mientras dormía, la habían enviado a la década del setenta.

Decidió dejar de pensar en tonterías.

Recorrió la habitación. No había mucho más para ver. Las paredes, aunque también de concreto, estaban pintadas de blanco. Menos deprimentes que el gris del pasillo exterior.

Cuando le trajeran la comida —fuera desayuno, almuerzo o merienda, porque no tenía idea de la hora—, se recostaría un rato. Por lo que entendía, los agentes pensaban que iba a estar bastante tiempo allí.

Si tenía que esperar al presidente —y estaban en medio de una crisis—, el mandatario debía estar muy ocupado.

Esto podía demorarse. No imaginaba que la encerrarían en un sitio así. La situación debía ser más complicada de lo que suponía. Aún no tenía idea de lo que se trataba. Así que no podía hacer más que calmarse… y esperar.

BÚNKER DE ANDREW, Nueva York
Miércoles, 6 de septiembre, 11:40 a. m.

JUNIOR ACABA de cortar la comunicación con el contestador de Eva. Siente frustración. Impotencia. Le dejó otro mensaje, recalcando el carácter urgente de la situación. Mucho más no puede hacer.

Se queda pensativo, mirando la pantalla apagada. Quiere encontrar otra forma de llegar a Eva. Sabe que cuando él la llama, es por algo importante, no para compromisos sociales. Por eso le preocupa que no le devuelva la comunicación. Siempre lo hace de inmediato.

Esperará un par de horas más. Volverá a intentarlo. Quizás la senadora se encuentre en un vuelo, o en una reunión secreta, o en algún lugar donde no pueda responder. Pero si no hay respuesta en un tiempo prudencial, tomará otra medida.

Se le ocurre entonces que tal vez haya otra forma de averiguar sobre ella. Llamará a un colega abogado que trabaja en el Capitolio como secretario de la Cámara de Senadores. Quizás él sepa algo. Eso es lo que hará. No se quedará de brazos cruzados esperando a que Eva le conteste. Es lo que Ainara le pediría.

Mientras tanto, revisa los archivos que Andrew le envió sobre la fábrica de electrodomésticos Estate Inc. Todo sigue encajando: nombres de mapas de *Call of Duty*, actividad sospechosa, productos que nadie compra.

Es una fachada. Y si Dray ya destruyó la línea de ensamblaje en Savannah sin dudarlo, es porque tiene más.

Se pregunta si Eva sabrá algo de esto. Si está involucrada. O si, simplemente, la están protegiendo. Porque si el Anillo está detrás de todo esto… y si Cenizas está a punto de despertar… entonces la senadora no es solo una pieza clave.

Es una amenaza. O una víctima. Y Junior no va a permitir que ninguna de las dos cosas ocurra sin que él esté ahí para evitarlo.

2 0

EL PRIMER HACKEO

San Antonio, Texas
  Miércoles, 6 de septiembre, 5:10 p. m.

ANDREW HABÍA LOGRADO LOCALIZAR con precisión el punto desde el que se originó la señal: las afueras de Sonora, en Texas. Sin perder un segundo, organizó los vuelos y la logística necesaria para que el equipo de Georgia llegara lo antes posible. La ruta más rápida consistía en volar hasta San Antonio y, desde allí, continuar por carretera hasta Sonora.

Luna, Alain y Peter aterrizaron en el aeropuerto a la hora prevista. No llevaban equipaje, así que, nada más desembarcar, se dirigieron directamente al mostrador de alquiler de coches. Andrew ya había dispuesto que los esperara allí un sedán oscuro, listo para llevarlos a su destino.

En su última comunicación, les había explicado que

el objetivo era un parque eólico abandonado en el desierto, llamado Amanecer. Aún les quedaban unas dos horas de carretera, pero antes debían hacer una parada obligada y adquirir armamento. Aunque no era demasiado tarde, muchos comercios del ramo ya estarían cerrados. Alain, sin embargo, conocía un local de mala muerte con el que había hecho negocios en el pasado. Si estaba cerrado no importaba: lo abrirían para él.

Mientras conducían hacia allí, el teléfono de Luna vibró. Era Freddy.

—Conseguí los archivos clasificados sobre Dray —dijo sin preámbulos—. Te los estoy enviando ahora mismo. Tuve que blanquear el estado de la investigación ante Smith para que pudiera interceder ante la CIA. Al tratarse de un caso de prioridad absoluta, no tuvieron más remedio que desclasificar parte del expediente.

—Adelántame lo esencial —pidió Luna.

—Es exactamente lo que imaginabas —respondió Freddy—. Es un caso abierto de la CIA. Cuando lo reclutaron, creían que era una víctima: un niño secuestrado por terroristas tras la muerte de sus padres. Pero luego descubrieron la verdad. Tras robar secretos militares y desaparecer, se reveló que nunca había sido forzado a colaborar. Por supuesto, en el informe están tachadas las partes que especifican qué secretos fueron sustraídos.

—Pero nosotros ya sabemos cuáles son —dijo Luna.

—Exacto —continuó Freddy—. La CIA pensaba que, tras el atentado, había sido capturado por terroristas y obligado a trabajar para ellos. Pero no eran terroristas, sino mercenarios contratados por alguien para evitar el ataque. No lo lograron a tiempo, pero rescataron al niño. El problema fue que no podían entregarlo ni a las autoridades libias ni a las estadounidenses sin exponerse. Tampoco sabían si su vida correría peligro si lo hacían. Así que lo retuvieron, lo entrenaron… y él decidió trabajar con ellos de modo voluntario. De nuevo, las secciones que mencionan el atentado y quién contrató a los mercenarios están censuradas.

—¿Cómo es posible que la CIA no supiera todo esto antes de reclutarlo? —preguntó Luna, incrédula.

—Recién después de que huyera —explicó Freddy—, entró en la lista de los más buscados. Entonces, alguien de alto rango en la agencia, que estuvo involucrado en el incidente de 1998, ordenó reabrir la investigación. Accedió a información clasificada, restringida incluso para agentes de campo, y con esos datos lograron atrapar a un egipcio llamado Amir, uno de los mercenarios que había sido compañero de Dray. Fue él quien reveló la historia completa.

—Así que esto le pasa a la CIA por ocultarle información a sus propios agentes —murmuró Luna—. ¿Qué pasó con Amir después?

—Otra página tachada —respondió Freddy.

—¿Ainara ya sabe esto?

—Aún no. Está en el aire, volando hacia Texas. En cuanto aterrice, se lo comunico.

Luna guardó el teléfono. Ya estaba mentalizada para el viaje a Sonora. Leería el informe completo en cuanto tuviera un momento.

LUGAR desconocido
   Miércoles, 6 de septiembre, 5:30 p. m.

DRAY ACABABA de colgar una llamada con los miembros del Anillo. Le habían exigido explicaciones por lo ocurrido en Savannah. Se disculpó: los atacantes lo habían tomado por sorpresa y habían escapado, pero —aseguró— toda la evidencia fue destruida. Todo seguía bajo control.

Aprovechó la conversación para justificar las limitaciones de operar drones a distancia. Los atacantes, dijo, habían destruido los ordenadores que coordinaban los aparatos, lo que les permitió escapar. Pero añadió algo más, con una calma que ocultaba su ambición:

—Cuando despertemos a Cenizas, la respuesta a cualquier amenaza será inmediata, autónoma... e imparable.

Odiaba tener que rendir cuentas. Pero no tendría que hacerlo por mucho tiempo. El Anillo pronto recibiría una sorpresa. No sería la primera vez que dejaba atónitos a sus propios jefes.

EL CAIRO, Egipto, 1999

OCTAVIAN DRAY HABÍA ADELGAZADO hasta quedar en los huesos. Apenas se distinguía de sus dos compañeros, chicos de su misma edad, salvo por las cicatrices que le cubrían el rostro. El atentado lo había dejado casi irreconocible; ni siquiera el tono de su piel era visible bajo las marcas. Había crecido en estatura, vestía como los árabes locales y dominaba el idioma con fluidez.

A pesar de la dureza que le habían impuesto los años, seguía siendo, en el fondo, un niño. Los mercenarios lo usaban como señuelo en algunas misiones o como asistente en otras. En su mundo, todos debían contribuir, y el chico norteamericano no era una excepción.

En ese momento se encontraban en una casa segura a las afueras de El Cairo, esperando instrucciones para su próxima operación. Hacía un par de meses, durante un ataque, Octavian había sufrido un percance con su consola de videojuegos. La desarmó y, contra todo pronóstico, la reparó. No solo demostró habilidad con los juegos, sino también con la electrónica.

Desde entonces, cada aparato roto que encontraban en su camino terminaba en sus manos. Los mercenarios le traían radios, relojes, *walkie-talkies*... cualquier cosa que hubiera dejado de funcionar. Él los desguazaba, guardaba las piezas útiles y, poco a poco, se convirtió en su técnico improvisado.

Esa tarde, trabajaba con urgencia. Le habían entregado una Nintendo 64 semidestruida. No tenía los repuestos necesarios, así que usó componentes de una vieja radio y la conectó directamente a un televisor igual de antiguo. Pero, mientras avanzaba en la reparación, tuvo una idea. Olvidó por completo el videojuego. Podía construir algo mucho mejor.

Amir y Thaleb, algo mayores que él, lo observaban en silencio. Lo admiraban: para ellos, Octavian era un prodigio, un genio capaz de unir piezas que, a simple vista, no tenían nada que ver. A su lado estaban también dos figuras clave: Ahmed y Farid, el hombre que le había salvado la vida durante el atentado.

De pronto, Octavian conectó su artefacto a la corriente. Un chillido agudo, como de retroalimentación, resonó en el televisor.

—¿Qué estás haciendo? —preguntó Ahmed, el líder del grupo, con irritación.

Ahmed había estado a punto de matarlo un año atrás y aún desconfiaba de él. Lo consideraba una carga, un riesgo innecesario. Octavian lo detestaba, pero sabía que, por ahora, debía obedecer.

Comprendió muchas cosas en los últimos meses. Sabía que su padre había sido traicionado, que su familia fue eliminada y que él era el único que podía vengarlos. Sentía como si hubiese muerto en aquella primera batalla... pero que la partida se había reiniciado. Solo debía sobrevivir. No morir. Y, tarde o temprano, ganaría.

Ahmed alzó la mano, dispuesto a golpearlo en la nuca por no responder. Pero, en ese instante, una voz en inglés brotó del televisor modificado.

—Los drones estadounidenses pasarán por el sector 7 en veinte minutos —tradujo Octavian, sin mirar al líder.

—¿De qué demonios hablas? —gruñó Ahmed.

—Con este aparato puedo alterar las frecuencias de radio —explicó Octavian, con calma—. Creo que podría intervenir casi cualquier comunicación.

—Espera —interrumpió Farid.

Se acercó con un mapa que había confiscado al enemigo y lo desplegó frente a Ahmed.

—Mira —dijo—. Según estos planos, el sector 7… es donde estamos nosotros.

Ahmed guardó silencio unos segundos. Miró a Octavian, luego al mapa, y por último al techo, como si calculara el tiempo que les quedaba. De repente, gritó órdenes:

—¡Evacuación inmediata! ¡Nos atacarán en veinte minutos!

Luego se volvió hacia Octavian. Por primera vez, una sonrisa asomó en sus labios.

—Bien hecho, chico de *Call of Duty* —dijo—. Sirves para algo más de lo que pensaba. En cuanto salgamos de esta, te conseguiré una consola de verdad.

Octavian sonrió. A su alrededor, Amir y Thaleb estallaron en gritos de alegría.

21

HARÉ LO QUE SEA NECESARIO

BÚNKER, lugar desconocido
Miércoles, 6 de septiembre, 5:20 p. m.

EVA LONGOBARDI ESTÁ SENTADA en el sofá cama; el tiempo pasa lento sin móvil. No tiene nada que hacer más que esperar. Si estuviera en un hotel tendría al menos algunas revistas para leer, pero allí ni siquiera cuenta con eso. Golpean la puerta y la senadora autoriza a pasar.

Se escucha la cerradura y un soldado abre para traerle la cena. Es la segunda comida que ha recibido en el día. Luego de la primera, se recostó y durmió un rato. Tuvo un sueño liviano y frágil, una parte suya estaba atenta a lo que pudiera suceder, no por miedo, sino por ansiedad.

A medida que pasaron las horas, su inquietud fue en aumento. La espera en medio de la incertidumbre era casi una tortura.

—¿Podrías conseguirme un libro o algo para leer? —le pregunta Eva al soldado que trae la comida.

Ya comprendió que no puede pedir ni indagar más que eso, porque nada le dirán.

—Veré lo que puedo hacer, señora —responde el hombre y sale de la habitación.

Ella se acerca a la mesa y se sienta. Tras el almuerzo, tomó un par de veces del café que le trajeron en una cafetera eléctrica. Mira el plato metálico y comprueba que tiene pollo con arroz y una porción de pastel de manzana de postre.

—Todo un banquete —se dice a sí misma.

Cuando está por dar el primer bocado, suena el viejo teléfono junto al sillón. Es extraño escuchar ese sonido; parece salido de una película de Orson Welles. Se levanta, camina despacio y descuelga el auricular.

—Hola, senadora —dice la voz al otro lado; es el presidente—. Disculpe la demora y la incomodidad.

—No hay problema, señor presidente —contesta Eva. Ella había pensado que hablarían en persona—. Pero debo decir que me siento confundida; no entiendo qué está en curso.

—Disculpe por eso también —responde el presidente —. Ya le explico y comprenderá de inmediato. Pero primero, encienda el televisor y luego vuelva al teléfono.

Eva mira el velador que tiene delante. Busca el control remoto, pero de inmediato comprende que no necesita ese aparato. Así que apoya la bocina en la pequeña mesa y camina dos pasos hasta el televisor. Lo enciende y gira una perilla. El aparato se ilumina y aparece el presidente en la pantalla, sentado frente a un escritorio con el auricular de un teléfono en la mano.

—Yo no la puedo ver ni oír —dice el presidente desde el televisor—. Por favor, baje el volumen del televisor y recoja la bocina del teléfono para que pueda escucharla.

—Oh, sí —dice ella.

Busca la perilla del volumen y la gira hasta silenciarlo. Luego vuelve al teléfono.

—Aquí estoy, señor presidente —avisa Eva mientras se sienta en el sillón para observar la imagen.

—Ahora sí —prosigue el hombre a quien ve hablar por la pantalla, pero escucha por el teléfono—. Como se habrá dado cuenta, no se encuentra en una instalación normal.

—Sí, señor —responde ella—, ya lo noté. Toda la tecnología aquí es del siglo pasado.

—Exacto —confirma el presidente—. Es una instalación recuperada de la década del sesenta. Es parte de un proyecto de defensa secreto, implementado hace diez años. Usted sabe que a medida que la tecnología avanza, nos hemos visto obligados a generar distintas estrategias de defensa.

—Aguarde, señor presidente —lo interrumpe Eva; de repente ha recordado algo—. ¿Esto es parte del proyecto IA Wars?

—Así es, senadora —le responde y asiente—. Ya veo que comienza a entender.

—Recuerdo haber trabajado en este proyecto —dice Eva y hace memoria—. Se trataba de crear espacios inmunes a los ataques digitales. Estaban quienes creían en la posibilidad de crear un cortafuegos impenetrable, y quienes decían que eso era imposible, que la única solución eran sitios sin tecnología digital. Este es uno de esos lugares.

El presidente afirma con la cabeza.

—Pero habíamos aprobado el proyecto del cortafuegos —continúa Eva, confundida—. De hecho, yo misma aprobé el presupuesto para su investigación y desarrollo.

—Así se hizo —contesta el mandatario—, y se sigue trabajando en eso. Hay instalaciones con esa clase de medidas de defensa, que se deben actualizar casi a diario, porque siempre surge una nueva tecnología capaz de burlar al escudo anterior. La inversión en ese proyecto nunca termina y los resultados están siempre en duda. Mi antecesor de aquella época tuvo la previsión de llevar adelante también la otra alternativa. Mucho más económica, ya que no necesitaba inversión en investigación y los costos de mantenimiento eran mínimos. Por eso ni siquiera fue necesario asignar recursos extraordinarios que aparecieran en el presupuesto. Bastó con derivar algo de dinero de los gastos reservados para defensa sin que casi nadie se enterara. Hoy creo que aquel presidente, a pesar de no pertenecer a mi partido, fue un hombre muy sabio.

Eva permanece con la mirada en el presidente mientras analiza la información. Las cosas comienzan a tomar sentido ahora. Ya sabe qué tipo de crisis están por atravesar.

—Por eso hicimos ese viaje tan difícil —prosigue Eva

—, hubiera sido muy complicado realizar un vuelo sin instrumentos digitales.

—Podríamos haberla trasladado en alguna avioneta antigua —dice el presidente—, pero consideramos menos peligroso realizar el trayecto en vehículos terrestres. De hecho, las camionetas que usamos fueron modificadas; se escogieron modelos a los que se les pudo quitar el ordenador de a bordo y cualquier componente digital. Hace un par de años que nos dimos cuenta de que, por más que tuviéramos el búnker preparado, si no teníamos el vehículo para llegar, no serviría de nada.

—Ahora estoy más preocupada que antes, señor presidente —dice Eva, que empieza a comprender las implicancias del asunto aunque no sepa a qué se enfrenta realmente.

—La entiendo, senadora —contesta el presidente—. Yo también lo estoy. Pero recuerde que estamos en alerta naranja, aún no estamos convencidos de que este sea un ataque real. ¿Recuerda el atentado al buque del domingo en Miami?

—Sí —contesta Eva.

—Nuestros investigadores dicen que se utilizó una tecnología nunca antes vista —continúa el presidente—. Incluso creen que podría estar involucrada una inteligencia artificial.

—¿Cenizas? —pregunta Eva casi por reflejo.

—No sabemos todavía —le responde—. Yo no sabía de la existencia de Cenizas hasta ahora y he tenido que ponerme al tanto. Están investigando para saber si alguien ha replicado el sistema en nuestro país o si se trata de un ataque externo.

—¿China? —pregunta Eva.

—No nos apresuremos —dice el presidente—. Se está en investigación aún y es un tema muy delicado como para tomar decisiones drásticas. Supongo que empieza a comprender por qué está aquí.

—Más o menos —dice Eva con duda.

La realidad es que lo entiende, pero no lo quiere creer. Prefiere pensar que se trata de un error, que se encuentra allí por su seguridad y no porque tenga un papel protagónico; eso sería catastrófico.

—Mire, senadora —dice el presidente con seriedad—. Usted es la que más sabe del proyecto Cenizas. Tanto si quisieran activarlo como si intentaran detenerlo, usted sería uno de los principales objetivos. Debemos mantenerla a salvo hasta que sepamos de forma real contra qué estamos lidiando. Si es necesario que usted actúe, le avisaré de en persona. Esperemos que no sea así.

El presidente mira hacia un costado y hace un gesto, como si diera una señal.

—Debo dejarla, senadora —dice—. Ha surgido algo que requiere mi atención. En cuanto tenga alguna novedad, la contactaré de nuevo. Espero que se trate de una falsa alarma y que mañana pueda volver a su casa. Mientras tanto, le vuelvo otra vez, pero es necesario que permanezca allí.

—No se preocupe, señor presidente —responde Eva y reflexiona un instante—. Haré lo que sea necesario.

22

EL SERVICIO SECRETO

PISO DE JUNIOR, Manhattan, Nueva York
Miércoles, 6 de septiembre, 5:50 p. m.

JUNIOR DECIDIÓ que lo que debía hacer podía llevarlo a cabo desde su casa. Solo tenía que realizar llamadas telefónicas. Estaba con hambre y necesitaba una ducha. Por eso llega a su casa con unos emparedados que acaba de comprar por el camino.

Hay una tienda a metros de donde vive con unos de atún que le gustan mucho. Que la situación sea tensa nunca ha impedido que Junior se dé un gusto con la comida; es por eso que en el último tiempo ha subido de peso.

Luego de comer piensa en darse un baño, pero lo pospone. Una cosa es comer y otra bañarse. Hay cosas importantes que hacer y la ducha podía esperar. Llama entonces a su contacto en el Capitolio.

—Hola, Junior —dice Franklin Medows, secretario de la Cámara de Senadores—. Qué sorpresa recibir tu llamada. Seguro que estás en necesidad de algo

Junior conoce a Franklin desde hace unos años. En un caso anterior, en el que Ainara participó en un tiroteo dentro del Capitolio, Junior tuvo que realizar algunas gestiones para borrar su rastro.

Si bien tuvo acceso al lugar a través de alguien del Departamento de Defensa con quien habían colaborado en esa oportunidad, él tuvo que tratar con Franklin para hacer desaparecer una grabación de seguridad específica.

Por supuesto que no fue gratis: Franklin se llevó un buen dinero por su servicio y nadie se enteró de nada. Esa es una parte del trabajo de Junior en el equipo, encargarse de los cabos sueltos.

Mientras que la mayoría de sus compañeros arreglan las cosas de una forma más agresiva, a los golpes y a los tiros, él lo hace de una manera «diplomática» para que todos queden contentos.

—Hola, Franklin —devuelve el saludo Junior—. Esta vez no se trata de nada complicado.

La aclaración de Junior significa: no me pidas dinero por esto que no tiene nada de ilegal.

—Simplemente es que intento hablar con la senadora Longobardi —prosigue—. Llamo a su número privado y me atiende directo el contestador. Es extraño, ella suele responderme de inmediato. ¿Sabes algo de Eva?

Aquí Junior se arriesga al revelar que tiene una relación con la senadora, pero debe hacerlo para mostrarle a Franklin que tiene sus propios contactos y que no depende de él para saber lo que sucede en el Capitolio.

Junior es abogado y se ha vuelto un experto en hacer entender cosas sin hablar con claridad, así se maneja la diplomacia.

—La realidad es que no tendría por qué saber de ella —responde Franklin—, pero me han llegado algunos rumores.

—¿Qué rumores? —pregunta Junior.

—Bueno —explica Franklin—, no es ningún secreto, así que te lo puedo decir. La senadora no ha venido al Capitolio ni ayer ni hoy, y la gente de su partido la está buscando.

Al parecer, tampoco fue a una cena de caridad de la que era protagonista. Me han dicho que está de viaje, pero nadie sabe dónde.

Esto le suena extraño a Junior, que se despide de su contacto en el Capitolio y se queda pensativo. Hizo bien en ponerse a averiguar por otro lado. Si se hubiera quedado en espera de la respuesta de Eva, no se sabe cuándo la podría obtener.

Por otro lado, Junior piensa que es demasiada casualidad que, justo en el momento en que su amiga puede ayudarlos con la clave para descubrir qué sucede, se le haya ocurrido viajar sin decirle a nadie dónde.

Ella no suele actuar así. La gente que trabaja con ella debería de saber dónde se encuentra y por algún motivo lo mantienen en secreto. Le gustaría ir a su casa a preguntar, pero nadie le diría nada.

Entonces, se le ocurre hacer algo distinto: llamar por teléfono a Freddy.

—Hola, Freddy —dice Junior—. No localizo a Eva. ¿Me podrás dar una mano con eso?

—Sí, claro —responde Freddy con solicitud—. ¿Qué quieres que haga?

—Llama a su casa —contesta Junior—, a su secretaria, a alguien que tenga contacto cercano con ella. No podrán ocultar su paradero a un agente del FBI.

—Bien, en cuanto lo averigüe te aviso.

Terminan la llamada y Junior se queda preocupado por su amiga. Sin embargo, ha hecho lo que estaba a su alcance. A no ser que se le ocurra otra cosa, deberá esperar. Ahora sí, es hora de bañarse.

OFICINAS DEL FBI, Nueva York
Miércoles, 6 de septiembre, 6:10 p. m.

FREDDY ESTABA POR MARCHARSE; ya había hablado con su compañero del otro departamento, aquel que lo estaba ayudando para buscar al topo.

El hombre le confirmó que no había ninguna fuga ni ningún tipo de hackeo desde el exterior. Era lo que pensaban desde el principio: que había sido un trabajo interno, realizado desde algún ordenador dentro de la oficina.

Creía que podría rastrearlo y que mañana tendría noticias. Esto le cayó bien a Freddy, que se veía limitado en su accionar al saber que tenía un espía allí dentro.

Cuanto antes lo descubrieran, mejor.

Luego de cortar con esta persona, fue cuando recibió la llamada de Junior, por eso se quedó unos minutos más.

Era algo común en su cotidianidad: cada vez que estaba por irse, surgía algo nuevo que lo demoraba en la oficina.

Era más sencillo conseguir los teléfonos que necesitaba si permanecía allí. Llamó primero a la casa de la senadora. Los empleados de allí le dijeron que no sabían dónde se encontraba, pero podía llamar a su abogada, quizás ella supiera algo.

—Hola, agente Tanaka —lo saludó la abogada—. ¿En qué lo puedo ayudar?

Freddy ya conocía a la mujer, su nombre es Lala Coria, había tratado con ella antes, en un caso en que el Anillo atentó contra la vida de Eva.

De hecho, a Freddy le había agradado mucho. Se trataba de una bellísima rubia a la cual no había tenido excusa para volver a llamar.

—Es un gusto volver a hablar con usted —dice Freddy—. Estoy en conducción de una investigación que involucra a la senadora Longobardi. Necesitaría hablar de forma urgente con ella.

—Me encantaría ayudarlo —dice la abogada Coria —, pero la senadora se encuentra de viaje y hasta que no vuelva no puedo hacer nada.

—Al menos, dígame dónde está —insiste Freddy.

—Lo siento —contesta la abogada—, pero no puedo hacerlo.

Al escuchar esa respuesta, Freddy intuyó que algo no estaba bien. No podría explicar si fue el tono que usó la mujer o que le negara información que no debería ser comprometida en lo más mínimo.

—¿Usted sabe dónde está? —pregunta Freddy.

La abogada hace silencio unos segundos.

—No estoy en condiciones de hablar de eso —contesta ella con nerviosismo.

—Escuche, por favor —dice Freddy.

Tarda unos instantes en continuar porque está pensativo sobre qué decir para obtener colaboración. Así que se arriesga con una mentira.

—Usted me conoce —prosigue—; sabe que estamos del mismo lado. La vida de la senadora Longobardi podría estar en peligro, por eso necesito ubicarla. Tengo que ponerla al tanto de una situación que pone en riesgo su vida. ¿Me entiende?

—¿Cuál es el problema? —pregunta la abogada cada vez más nerviosa—. Dígame, y en cuanto ella se comunique conmigo, le avisaré.

—Solo respóndame, por favor —insiste Freddy—. ¿Sabe dónde está o no?

—Discúlpeme, agente —dice la abogada—. No sé dónde se encuentra, pero sé que está bien, así que no se preocupe; yo le avisaré.

—¿Cómo puede saber que está bien si no conoce su paradero? —pregunta Freddy, confundido, y hace otra pregunta más—. ¿Acaso sabe con quién está?

De nuevo, la mujer duda.

—No puedo dar esa información —vuelve a responder—. La misma senadora dio esas órdenes. Sé que esto es inusual, pero no puedo hacerlo.

—Entiendo la privacidad entre usted y su cliente —prosigue Freddy—. Pero puedo obtener una orden, y si bien eso no la obligará a hablar, le hará pasar un mal momento. Al final, el querer ayudar a la senadora, puede terminar complicándola. Sabe que no quiero hacer eso, nos hemos puesto de acuerdo en el pasado y podemos hacerlo de nuevo.

Otra vez el silencio.

—No puedo decirle nada, agente —contesta la abogada—, pero puedo decirle a quién le debería preguntar. ¿Por qué no lo intenta con el Servicio Secreto?

—¿El Servicio Secreto? —repite Freddy con sorpresa.

—¿Entiende por qué no puedo decir nada? —responde la mujer—. De todos modos, si usted averigua algo, avíseme, por favor.

Luego de terminar la llamada, Freddy no sabe qué pensar. Imagina que ellos quieren hablar con Eva para averiguar lo mismo que le quieren preguntar ellos.

Es por eso que nadie sabe nada. Lo único que puede hacer es lo que le recomendó la abogada: preguntarle al Servicio Secreto.

23

ESQUELETOS DE GIGANTES

Cercanías de Sonora, Texas
Miércoles, 6 de septiembre, 7:30 p. m.

El equipo llega al lugar indicado por Andrew. Es un parque de energía eólica abandonado. Desde la distancia, en la oscuridad, apenas se podían ver las enormes columnas aún en pie de las turbinas.

La mayoría ya no tiene las grandes hélices, y las pocas que quedan están quietas y corroídas, como esqueletos de gigantes que aún se mantienen en pie a pesar de haber muerto hace mucho tiempo.

—Este sitio es fantasmal —opina Alain reflejando la sensación que tienen todos.

Él conduce el coche por la carretera mientras Peter y Luna observan el paisaje desértico. Aún no llegan a la parte principal de las instalaciones, donde se encuentra el antiguo centro de control del parque energético.

—Andrew me explicó la última vez que escribió —dice Luna—, que esta ubicación debe formar parte de una red de retransmisión. Dray está haciendo uso de infraestructuras remotas y poco vigiladas para extender el alcance de Cenizas sin ser detectado. Cualquier antena que levantara llamaría demasiado la atención. Deben utilizar las columnas de las turbinas con ese fin. Nadie lo notaría, y ni siquiera tendrían que invertir en su construcción. Dray es muy inteligente.

—Puede ser —dice Peter—, pero su obsesión por los videojuegos le va a costar caro al final. Ya verás.

Luna está de acuerdo con Peter. Ella entiende algo que Dray no, que la vida no es un juego en donde, si mueres puedes comenzar de nuevo. Esta creencia de invulnerabilidad que le da la fantasía creada por Dray, más tarde o más temprano, lo hará caer.

En ese momento, Alain detiene el coche y apaga las luces. A unos cien metros está el edificio de control. Se ve oscuro y desolado, pero no se fían de lo que ven. Bajan del vehículo y Peter abre la cajuela.

—Me cayó bien tu amigo —le dice Peter a Alain—. Tenía todo lo necesario.

Peter se refiere al hombre que les vendió las armas. Toma un rifle, camina hacia la parte delantera del coche y apunta hacia la edificación. Activa una tecla de la gran mira telescópica que tiene el arma y se enciende una luz roja.

Peter observa por esta y puede ver emisiones de calor que provienen de dentro. Es una mira infrarroja que detecta las señales térmicas.

—Hay aparatos encendidos, pero no veo a nadie —

dice y le pasa el arma a Alain—. Está sellado; creo que las aberturas están cubiertas por lonas para que no se vea la luz.

Alain revisa el lugar con la mira; está seguro de que alguien debe tener que encargarse de su cuidado.

—Y allí están los guardias —afirma mientras continúa con la vista en el infrarrojo—. Hay dos casillas camufladas. Cada una tiene un hombre oculto.

—Tú vas a la de la derecha y yo a la de la izquierda —indica Peter sin perder tiempo—. Luna, tú nos cubres a los dos por si aparece alguien inesperado.

Alain le pasa el rifle a su compañera y regresan a la cajuela para tomar más armas. Luego, los dos hombres van delante con sus pistolas desenfundadas y Luna camina detrás de ellos. Andan agachados junto a unos arbustos bajos que los ocultan.

Cuando están lo bastante cerca, Peter le hace señas a Luna para que se quede allí. Ella se arroja al piso y se queda en posición de disparo con el rifle. Desde allí puede ver las dos cabinas y las figuras coloridas de los guardias. Si aparece algo fuera de lugar, ella lo verá y apretará el gatillo.

Peter y Alain siguen agachados, avanzan lo más que pueden, hasta que en un momento ya no logran ocultarse más y corren.

Los dos casi al mismo tiempo abren la puerta de sus respectivas cabinas y se lanzan hacia adentro. Luna ve que el que está con Peter se entrega de inmediato, pero el que le tocó a Alain se resiste. Las figuras amarillas y rojas se enroscan en una pelea.

Para entonces ya no sabe quién es quién. Uno

noquea al otro y luego sale. Luna se tensa y apunta al pecho. El hombre levanta las manos y le grita.

—Soy yo, Luna.

Ella se relaja al escuchar la voz de Alain y se pone de pie.

Vuelve a apuntar con la mira y revisa los alrededores mientras se acerca.

—Parece no haber nadie más —confirma cuando queda junto a Alain.

Peter sale de la cabina, ha amarrado y amordazado a su hombre.

—Hay que ver qué encontramos adentro —opina Alain.

—Es tarde —agrega Peter—, esperemos que no quede nadie.

—Solo hay una forma de averiguarlo —dice Luna y comienza a avanzar a la vez que vuelve a mirar por la mira.

Ahora son los hombres los que la siguen a ella, que es la que puede ver mejor en la noche con el dispositivo.

Llegan hasta la puerta del lugar.

Como había dicho Peter, las ventanas están cerradas con lonas, dan la impresión de ser un edificio clausurado.

Luna se detiene a varios metros frente a la puerta y les indica con señas que vayan a abrirla, uno de cada lado. Ella no deja de apuntar desde su posición, preparada para dispararle a lo que pueda salir. Alain llega primero y gira el picaporte, pero la puerta no se abre.

Entonces, Peter saca sus ganzúas y se acuclilla. Trabaja allí unos instantes y, cuando termina, se hace a un lado. Alain vuelve a girar el picaporte y esta vez la puerta cede. Cuando Peter hace una seña con la cabeza, Alain empuja la puerta, que se abre de par en par, ante la mirada atenta de Luna.

No aparece nadie para recibirlos; eso está bien. El lugar está oscuro, pero hay reflejos que permiten que Alain y Peter vean que nadie se mueve allí. Luna se empieza a acercar sin dejar de apuntar. Cuando sus compañeros la tienen cerca, salen de donde estaban escondidos y, casi al mismo tiempo, se meten al edificio.

24

INTRUSOS

Oficinas del FBI, Nueva York
Miércoles, 6 de septiembre, 7:30 p. m.

Freddy intentó hablar con el Servicio Secreto, pero no pasó de la recepcionista. Así que recurrió al director Smith. Hubiera preferido evitarlo, porque tuvo que dar más explicaciones de las necesarias.

En primer lugar, debió contarle a Smith por qué buscaba a la senadora Longobardi. Por lo que también tuvo que mencionar Cenizas.

—¿Esto tiene que ver con el fiasco de Savannah? —le preguntó Smith.

Se refería a que, cuando llegaron a la ubicación señalada por Freddy, solo encontraron humo y escombros.

Al menos, los forenses hallaron restos de los drones quemados, un hecho que respaldó la información brindada por Freddy y que relacionaba la fábrica de Savannah con el buque atacado en Miami.

Freddy le confirmó que todo estaba relacionado y añadió algo más.

—Lo de Savannah fue apenas el primer intento —explicó—. Tengo información sobre un par de lugares en Texas; cuando me la confirmen, necesitaré que la oficina de allí intervenga con rapidez. No quiero que vuelvan a encontrar solo cenizas.

Su jefe no inquirió más al respecto.

Smith sabe que Freddy obtiene información por medios poco ortodoxos y prefiere no profundizar.

Por eso terminó la conversación y dijo que se encargaría del Servicio Secreto; que lo llamaría en cuanto supiera algo.

—Hola, Tanaka —dice Smith cuando vuelve a llamar casi dos horas después.

Freddy atiende con expectativa; sabe que su antiguo jefe no solo tiene influencias, sino que además es persistente.

Por algo era conocido en sus épocas de trabajo de campo como «el Sabueso». Una vez que iba tras su presa, nada lo detenía.

—Como en el Servicio Secreto no tengo ningún contacto —prosigue Smith—, debí llamar directo al Departamento de Seguridad Nacional, que son los únicos por encima de ellos. Les pregunté por la senadora y me dijeron que no estaban al tanto de su paradero, pero que hablarían con el Servicio Secreto y luego me informarían.

—¿Usted qué cree, director? —le pregunta Freddy.

—No sé qué decir, Tanaka —responde Smith—. Ni siquiera entiendo qué es eso de la inteligencia artificial de la que hablaste. Creo que investigaré más sobre el tema. En cuanto a Longobardi, hasta que autoricen a alguien a decirme qué hay en curso, habrá que esperar.

—¿Se lo dirán? —pregunta Freddy con duda.

—No creo que me expliquen por qué se la llevaron —contesta Smith—, pero al menos me dirán que está bien custodiada y me pedirán que no me meta en lo que no me incumbe. Después de eso, veremos.

La respuesta de Smith le confirmó a Freddy que podía contar con él; que, a pesar de quedar en una posición incómoda, lo ayudaría.

Algún lugar en Oklahoma
Miércoles, 6 de septiembre, 7:40 p. m.

Octavian Dray está en medio de una operación. Se ampara en la noche para realizar movimientos sin llamar la atención.

Ya tienen todo programado para un ataque a gran escala. Aguarda a que le envíen el último cargamento con drones de otra línea de ensamblaje que posee en las afueras de Abilene.

Para eso, sin embargo, faltan varias horas. Lo que ahora le preocupa es la visita del Camaleón.

Fue avisado a último momento; no tenía por qué ir

hasta allí. Estaría en pleno vuelo, en su avión privado, desde quién sabe dónde.

Dray sospecha que el Camaleón duda de su fidelidad al Anillo. Sabe que es un hombre inteligente y difícil de engañar. Por eso debe tener cuidado de no levantar sospechas.

Todo lo que ha sucedido en los últimos años ha sido gracias al padrinazgo de dicha organización.

Dray debería estar agradecido y ser leal, pero tiene sus propios motivos para actuar así. Aunque tarde o temprano deberá revelarlos.

Mientras tanto, tendrá que seguir como si nada y doblegarse ante esos hombres ambiciosos que solo buscan acrecentar su fortuna.

Él no pertenece a ese grupo. Es un revolucionario convencido de que traerá al mundo una nueva era: el siguiente paso en la evolución humana.

Durante los años que pasó con los mercenarios —después de perder a sus padres— absorbió parte de su discurso, una mezcla de ideas sobre poder, cambio y supervivencia que terminó fusionándose con sus propias convicciones.

Pero su concepto de revolución ya no tiene nada que ver con el de sus antiguos compañeros. No comparte los objetivos de quienes lo entrenaron ni los de quienes lo han contratado ahora… porque, en el fondo, son los mismos a los que quiere destruir.

—Disculpe, señor Dray —interrumpe sus cavilaciones un hombre que se sitúa a su lado.

Están en una oficina desde la que controlan lo que sucede en esta instalación.

—Nos han llamado de la central —prosigue el hombre—. Dijeron que una de las cámaras detectó intrusos en el repetidor de Sonora.

—¿Y los guardias de allí qué dicen? —pregunta Dray.

—No responden —contesta.

—Diablos —maldice—. Ayer Savannah y ahora esto. Envíen ya mismo al personal más cercano. Esta vez tienen que atrapar a esa gente; no podemos darnos el lujo de perder un repetidor. Deben procurar no dañar el lugar. Nadie puede salir de allí con vida. ¿Entendido?

—Sí, señor —le responde, pero cuando se está por retirar, Dray lo detiene y lo toma del brazo.

—Antes de que los maten —dice—, denles un mensaje. Díganles que, aunque el equipo enemigo esté tras de mí, nunca me van a ganar.

Búnker de Andrew, Nueva York
Miércoles, 6 de septiembre, 7:50 p. m.

Andrew aguarda la llamada de Alain. Como el dispositivo que había preparado para hackear las instalaciones de Savannah quedó destruido por completo tras el ataque, tuvo que improvisar.

Ya se habían comunicado después de aterrizar y acordaron los pasos a seguir. Hace unos minutos recibió la llamada de Ainara; esta confirmó que también se encontraba en el aeropuerto internacional de Dallas Fort Worth y que acababa de recoger el coche.

Ahora tiene un recorrido de más de dos horas hasta Abilene, el otro sitio que Andrew ha descubierto.

La idea es que el resto del equipo se reúna con ella allí para irrumpir en esas instalaciones.

Andrew confirmó que la tapadera utilizada para la fábrica es una empresa de ensamblaje de electrodomésticos llamada Estate Inc.

Encontró imágenes de las cámaras de seguridad de la zona y mostró los camiones de la Distribuidora Nuketown, la misma que había llevado los drones a Florida.

—«Estate» es el nombre de un mapa de *Call of Duty* con características particulares —le explicó Andrew a Ainara la última vez que hablaron—. En ese mapa las misiones evolucionan distinto a las demás, así que no sería extraño que haya algo importante allí.

Suena el móvil y Andrew atiende.

Es Alain. Manos a la obra.

25

VOLANDO POR LOS AIRES

CERCANÍAS DE SONORA, Texas
Miércoles, 6 de septiembre, 7:50 p. m.

LUNA ENTRA TRAS LOS MUCHACHOS. Lo primero que distinguen son pequeñas luces de colores que parpadean en la penumbra por todo el recinto. Tras verificar que no hay nadie, Peter cierra la puerta, busca el interruptor y lo activa: ya tienen luz. Frente a ellos se despliega una red de ordenadores, pantallas y paneles eléctricos conectados a unos aparatos voluminosos que parecen generadores. El zumbido constante de las máquinas llena el aire, mezclado con un ligero olor a ozono y plástico recalentado.

—Parece que tienen sus propios generadores —dice Peter mientras enfunda su arma—. Nunca había visto unos así. Tienen un diseño demasiado estilizado para ser industriales.

—Lo primero que se haría en un ataque digital —explica Luna, que mantiene el rifle apuntando al suelo— es cortar el suministro eléctrico. De esa manera se dejaría sin energía al atacante, que es la fuente de todo su poder.

—Por eso los generadores —aclara Alain—, para que la instalación funcione de forma autónoma, sin depender de la red exterior.

Alain se acerca al ordenador situado en el centro del panel. Por su tamaño y ubicación, imagina que es el terminal principal. Tiene que hacer exactamente lo que Andrew le indicó por mensaje. Necesitó comprar unas unidades USB comunes en el aeropuerto. Ya no contaban con el dispositivo preparado por Andrew, así que no podrían transmitir la señal, pero sí grabar la información. Alain siente el sudor frío resbalando por su nuca mientras llama al búnker.

—Estoy listo, Andrew —dice mientras se coloca un auricular inalámbrico para tener las manos libres.

Enfoca la pantalla con el teléfono, presiona el auricular en el oído derecho para activarlo y Andrew comienza a dictarle qué debe teclear para entrar al sistema.

—¿Y qué hace exactamente este lugar? —pregunta Peter, que inspecciona el sitio. Sus botas resuenan sobre el suelo técnico mientras Alain trabaja a contrarreloj.

—Si lo que explicó Andrew es correcto —responde Luna—, esta central suministra energía a las antenas para que retransmitan la señal de Cenizas. Es el corazón del sistema de difusión.

—De acuerdo —contesta Peter, acercándose a uno de

los equipos—. Sigue llamándome la atención el diseño de estas cosas.

—Es lógico —explica Luna—, están diseñados así a propósito. Espera.

Luna saca su móvil, lo desbloquea y busca algo. Peter se aproxima y ella le muestra el hallazgo. Es una imagen de los mismos aparatos, pero en una versión de videojuego. La coincidencia es perturbadora; Dray no solo construye armas, está replicando una estética digital en el mundo físico.

—¿Qué diablos es eso? —pregunta Peter.

—Es la central de energía del juego *Call of Duty* —le contesta.

A estas alturas, Luna no puede evitar sonreír. Comprende que Dray pretende llevar las cosas a un extremo delirante, transformando Texas en un mapa de combate real. Cuando la tensión es máxima, ella tiene el reflejo de reaccionar con una sonrisa ácida.

—Por supuesto —dice Peter—, era obvio. Loco de m…

—¡Soy un genio! —grita Alain desde la silla frente al ordenador y Peter no termina la frase—. Seré el nuevo hacker del equipo.

—Apenas estás siguiendo lo que te dicta Andrew —le reprocha Peter.

—Pero mis dedos tienen una rapidez y sensibilidad superior —replica Alain, cuyas manos se mueven como la de un pianista.

—¿Lograste entrar? —pregunta Luna sin prestar atención a las pullas de sus amigos. Siempre están riñendo.

—Sí —contesta Alain y gira en la silla para mirarlos —, y ya se está descargando la información en el dispositivo. Una barra de progreso verde avanza lentamente en la pantalla principal.

En ese momento, Alain frunce el ceño y sus compañeros lo notan. El silencio del exterior se ha roto.

—¿Qué sucede? —pregunta Peter.

—La puerta —responde Alain mientras se pone de pie y desenfunda.

Los otros dos observan la entrada y notan movimientos a través de la rendija inferior: sombras que cortan el haz de luz que se proyecta hacia fuera. Ambos preparan sus armas y se desplazan hacia un costado. En ese instante, la puerta se abre de forma estruendosa. Alguien le ha dado una patada y varios hombres irrumpen en el lugar. No hay tiempo para contar cuántos son. Están armados y eso es suficiente para que comience el tiroteo.

Los dos primeros en entrar caen abatidos de inmediato. Los que ingresan después devuelven el fuego y el equipo debe parapetarse tras los racks de servidores. Luna, con el rifle, no logra ser efectiva en las distancias cortas, así que saca la pistola que recogió del maletero del coche. Intenta disparar, pero el arma se encasquilla tras el primer tiro.

—Maldita sea —se queja Luna y arroja la pistola al suelo.

Recupera el rifle y dispara a la luz cenital que iluminaba el recinto. Vuelven a quedar a oscuras, solo iluminados por el destello de los fogonazos y el parpadeo de los LEDs de los servidores. Peter con su ametralladora y

Alain con su pistola causan estragos entre quienes intentan acceder. Luna advierte algo extraño: los atacantes no disparan con toda la potencia de la que disponen. Sus ráfagas son controladas, casi quirúrgicas.

Pronto da con la respuesta: no quieren dañar el equipo. Una cosa es perder una línea de ensamblaje y otra muy distinta es arruinar esta central. Sin ella, el alcance de Cenizas se reduciría considerablemente. Los intrusos están priorizando la integridad de los generadores sobre sus propias vidas.

Luna comprende que tienen esa ventaja táctica. Entonces, los disparos cesan un segundo y escuchan un grito desde el exterior, cargado de una calma profesional.

—¡Ríndanse y no les haremos daño!

—Claro —susurra Peter, recordando que él intentó lo mismo la noche anterior. Siente el peso del arma y el calor que emana del cañón.

—Es verdad —insiste el hombre afuera—. De hecho, tengo un mensaje para ustedes. Mi jefe dice que, aunque el equipo enemigo esté tras de él, nunca le van a ganar.

—¿Qué? —pregunta Peter, intentando distinguir en la oscuridad el rostro de sus compañeros.

Luna entiende el mensaje y toma una decisión arriesgada. Avanza hacia la salida disparando su rifle con determinación. Alain saca una segunda pistola y abre fuego con ambas a la vez mientras se dirige a la puerta. Peter hace lo mismo con su ametralladora. El marco de madera salta en pedazos bajo la ráfaga constante. Las paredes de alrededor comienzan a desmoronarse hasta quedar reducidas a escombros.

Cuando están a menos de un metro, Alain y Peter se

lanzan contra los muros destruidos y disparan en diagonal hacia fuera. Uno de los hombres intenta asomarse, pero es derribado al instante. Otros tantos comienzan a alejarse del umbral bajo la lluvia de balas.

—Muchachos —dice Luna—, ¿tienen eso que trajeron?

Peter y Alain se miran y extraen de sus abrigos una granada cada uno; eran parte del arsenal del maletero. Quitan los seguros —el clic metálico suena nítido en el breve silencio— y las lanzan al exterior. Explotan casi de forma simultánea, generando una cortina de fuego y humo que ciega a los guardias restantes. Entonces, corren los tres en medio del caos sin dejar de disparar.

La conmoción dura unos instantes. El resto de los atacantes reanuda el fuego, pero ellos ya se han cubierto tras una camioneta de sus agresores. Ahora la balacera es infernal. Los proyectiles impactan en el vehículo con un sonido metálico y seco; los neumáticos estallan y la carrocería desciende pesadamente.

—Vamos —ordena Peter—. Si nos quedamos aquí, nos harán volar con ella.

Echan a correr hacia el sedán de alquiler estacionado a unos metros. Deben aprovechar el tiempo que les brinde la cobertura de la camioneta tiroteada. No es mucho. Sienten las balas silbando a su alrededor e impactando en la tierra seca, levantando pequeñas nubes de polvo cerca de sus pies. Peter se da la vuelta y responde con ráfagas de su ametralladora para cubrir la retirada.

Pronto alcanzan los arbustos y se agachan. Los tiros siguen golpeando la vegetación, pero ya no tienen contacto visual. Corren agachados, con los pulmones ardiendo por el esfuerzo, hacia el sedán. De nuevo, los disparos se aproximan. Abren el coche y Alain se pone al volante. Arrancan justo cuando un proyectil hace añicos uno de los cristales laterales, llenando el interior de fragmentos de vidrio.

—¡Demonios! —exclama Peter y se asoma por la ventanilla para vaciar el cargador contra las sombras que los persiguen.

El vehículo se aleja a toda velocidad por el camino de tierra. No pueden seguirlos; la camioneta ha quedado inutilizada y el humo de las granadas aún bloquea la visión de los tiradores. Una vez que ganan suficiente distancia y las luces de la central son solo un punto en el retrovisor, se relajan. El silencio en el habitáculo es pesado, roto solo por la respiración agitada de los tres.

—¿Por qué saliste disparando así, Luna? —pregunta Peter, limpiándose un rastro de sangre en la mejilla.

—Porque Dray nos mandó decir que somos el equipo enemigo —contesta ella, mirando fijamente la oscuridad de la carretera—. ¿Sabes qué le pasa siempre al equipo enemigo en *Call of Duty*?

—Ni idea —responde Peter.

Luna lo mira con una seriedad gélida.

—Siempre termina saltando por los aires.

26

EL INTERROGATORIO

PISO DE FREDDY, Brooklyn, Nueva York
Miércoles, 6 de septiembre, 8:30 p. m.

FREDDY ENTRA EN SU APARTAMENTO, se quita la chaqueta y la arroja sobre una silla. Cuando está a punto de despojarse del arma, lo sorprende el timbre de su teléfono. Es Smith.

—Hola, director —saluda Freddy—. ¿Ha sucedido algo?

El director le había asegurado que el Departamento de Seguridad Nacional tardaría al menos un día en responder. No esperaba su llamada tan pronto.

—¿Qué está pasando, Tanaka? —pregunta Smith—. Acaban de llamarme directamente del Servicio Secreto. Me han preguntado por qué los estábamos contactando en relación con la senadora Longobardi. Les respondí que tenía información de que la senadora estaba bajo su custodia, y el agente me aseguró que eso era falso. Tuve que darle todas las explicaciones pertinentes; al menos lo poco que sé, que no es mucho. El hombre no parecía satisfecho. Dijo que, antes de telefonearme, verificó que no hubiera ninguna operación en curso relacionada con ella.

—No sé qué decirle, director —contesta Freddy, desconcertado—. Esa es la información que me proporcionó el entorno de Longobardi.

—Bueno —replica Smith—, alguien está mintiendo. Tuve que dar tu nombre; no me extrañaría que te contacten a ti también.

En ese momento, suena el timbre de la vivienda.

—Espere un minuto, director —dice Freddy, que camina hacia el videoportero con el teléfono en la mano.

Activa la cámara y observa a dos hombres de traje oscuro y actitud impasible.

—¿Quién es? —pregunta Freddy frente al micrófono.

Los dos hombres miran a la cámara, extraen sus placas y las muestran. Son del Servicio Secreto.

—Buenas noches, agente Tanaka —saluda uno de ellos—. Necesitamos hablar con usted.

—Sí, claro —contesta Freddy—. Aguarden, por favor.

Freddy se aleja del aparato y, mientras recoge su chaqueta, retoma la comunicación con Smith.

—El Servicio Secreto está aquí —explica—. Verifique qué está ocurriendo; no quiero que en unos minutos todos sostengan que he perdido el juicio.

Apenas corta con Smith, ya de camino a la puerta, llama a Andrew para informarle de la situación.

—Envíame tu posición y esconde el móvil donde tarden en encontrarlo —le pide este—. Te rastrearé mientras pueda.

—Espero que no sea necesario —contesta Freddy mientras sigue las instrucciones—. Será una charla amigable.

Washington D. C.
Miércoles, 6 de septiembre, 8:35 p. m.

A CADA MINUTO QUE PASA, Junior se preocupa más por el paradero de su amiga Eva. Por eso, tras enterarse de que podía estar con el Servicio Secreto, comienza a investigar si existe algún vínculo con este caso, aparte de Cenizas. Revisa las leyes y proyectos en los que ella trabajaba.

Al acceder a la información pública del Capitolio, encuentra un proyecto de ley con la firma de Eva. Se trata de un tratado comercial internacional que limitaría el monopolio tecnológico en mercados asiáticos. De inmediato, se pone en alerta.

Busca comentarios sobre esa ley y localiza numerosas críticas que argumentan que la norma vulnera la libertad de mercado. Grandes conglomerados económicos ejercen presión para frenar la iniciativa; entre ellos, el grupo que había intentado adquirir NeuraTech.

Infiere entonces que el proyecto impulsado por la senadora contraviene los intereses del Anillo. Ese sería un motivo de peso para que su integridad corra peligro.

Junior piensa que, tal vez, el Servicio Secreto se la llevó para protegerla.

Decide que es momento de llamar a Ainara. El trasfondo económico de este caso comienza a confirmarse. Marca su número y el teléfono da señal.

RUTA 20, Texas
  Miércoles, 6 de septiembre, 8:40 p. m.

CONDUZCO por la carretera camino a Abilene. En las afueras de la ciudad se encuentra la supuesta fábrica de electrodomésticos. La idea es esperar al resto del equipo, que viene en camino desde Sonora. Andrew compra un arma para mí a través de la red y el paquete me espera en una taquilla del aeropuerto.

El teléfono suena.

—Hola, Ainara —saluda Andrew—. ¿Recuerdas que te hablé de Eva y el Servicio Secreto?

—Sí —respondo.

Nada más bajar del avión, Andrew me pone al tanto de la situación: el resultado de la incursión de Peter y la desaparición de Eva. ¿Qué quiere el Servicio Secreto con ella?

—Freddy está con ellos —me dice, pero no lo entiendo.

—¿Con quién? —pregunto.

—Con el Servicio Secreto —explica Andrew—, en

este momento. Acabo de cortar con él; lo han ido a buscar para hablar de Eva.

—Esto es extraño —digo con sorpresa. Veo que tengo una llamada en espera; es Junior—. Esperemos a ver qué averigua Freddy. Te dejo, me está llamando Junior.

Termino la conversación con Andrew y me invade la preocupación. Quizás el Servicio Secreto también sigue la pista de Dray y desea conocer los hallazgos de Freddy. O tal vez pretenden detenerlo para que no interfiera en la investigación oficial. Solo espero que el Anillo no haya extendido su influencia hasta allí.

—Hola, Junior —atiendo—. ¿Qué novedades tienes?

IMPOSTOR

BROOKLYN, Nueva York
  Miércoles, 6 de septiembre, 8:40 p. m.

FREDDY baja a la entrada del edificio y ve a los dos hombres esperando fuera. Se acerca y abre la puerta.

—Buenas noches, agente Tanaka —dice uno de ellos mientras ambos vuelven a mostrar sus placas—. Agentes Norton y Zapata.

—Es un gusto —contesta Freddy—. ¿En qué puedo ayudarles?

—Necesitamos hablar con usted —responde Norton —. ¿Podemos pasar?

—Si no les molesta —propone Freddy—, hablemos aquí al lado. Es mi oficina alternativa.

Los agentes se miran, pero guardan silencio. Freddy lo decidió mientras bajaba: prefería estar en un lugar público, y la cafetería junto a su edificio resultaba ideal.

Suele acudir a menudo cuando quiere comer algo rápido o tomar un café tranquilo. Entran y Freddy saluda a la joven detrás de la barra.

—Hola, Linda —dice él.

—Hola, Freddy —responde ella—, de inmediato les atiendo.

Esta vez, Freddy no necesita pasar desapercibido; todo lo contrario, desea testigos que constaten dónde y con quién se encuentra. Una vez sentados, el agente Norton toma la palabra.

—Entiendo por qué nos trajo aquí —afirma—, pero no era necesario. No tenemos nada en su contra, solo queremos hacerle unas preguntas.

—Por supuesto —responde Freddy—, pero el café aquí es excelente. ¿Desean algo? Yo invito.

—Gracias, pero no —responde el agente—. Estamos bien.

—Como gusten —contesta Freddy y se encoge de hombros. Luego mira a Linda, que se aproxima a la mesa—. Solo un café para mí, como siempre.

—Agente Tanaka —retoma Norton—. Nos han informado de que usted busca a la senadora Longobardi y que sospechaba que estaba bajo nuestra custodia. ¿De dónde ha sacado esa idea?

—Hace dos días que nadie sabe nada de ella —responde Freddy—, y su personal me informó de que estaba con ustedes. ¿La tienen bajo su protección?

Los agentes intercambian una mirada; después, Norton vuelve a hablar.

—¿Quién exactamente le dijo que está con nosotros? —pregunta—. ¿Y por qué lo creen?

Freddy los observa con atención, intentando descifrar la situación. A Smith le aseguraron que no tenían relación con el asunto. O intentan cubrir su rastro, o realmente no han intervenido. La segunda opción sería mucho más preocupante que la primera.

—Puedo responder a sus preguntas —contesta Freddy—, pero antes necesito saber algo. ¿Está con ustedes o no?

Norton lo observa un instante y niega con la cabeza. Freddy comienza a preocuparse seriamente. Linda le trae el café.

—Gracias, Linda —dice él.

—Tal vez no sea nada grave —opina el agente—. Quizás nos usó como excusa para realizar algo que no quería que se supiera. Pero comprenderá que cualquier rumor de este tipo perjudica nuestra reputación, por lo que necesitamos saber dónde se originó. No permitimos que se utilice nuestra identidad de forma ilícita.

—Lala Coria —contesta Freddy sin dudar, mientras el agente Zapata extrae su móvil para tomar nota—. Es la abogada de la senadora. Ella me lo dijo, aunque supongo que los empleados de la residencia también están al tanto y guardan silencio. Si ustedes escoltaran a alguien y pidieran a su gente discreción, nos encontraríamos exactamente en la misma situación. Por eso, debo preguntar de nuevo, y esta vez es oficial, porque la senadora podría estar en peligro. ¿Se encuentra la senadora Longobardi con el Servicio Secreto?

—No, agente Tanaka —responde Norton—. No sabemos nada de ella. Le han mentido.

—A mí no —replica Freddy—; confío en la abogada.

Les han mentido a ellos. Alguien se llevó a la senadora y se hizo pasar por ustedes.

—Entonces, nos enfrentamos a un delito federal —concluye Norton—, y puede iniciarse una investigación oficial. Ya nos ha consultado formalmente y le hemos respondido de la misma manera; por lo tanto, no hay inconveniente en que intervengamos también. Iremos de inmediato a la residencia de la senadora y enviaremos a alguien a interrogar a la abogada.

Los dos agentes se ponen de pie y se marchan.

Freddy llama a su oficina para avisar de que la senadora Longobardi ha desaparecido y que comenzará una investigación al respecto. Él también se dirigirá al domicilio, por lo que solicita que alguien localice a la abogada. Luego telefonea a Smith y le relata lo sucedido, sabiendo que su antiguo jefe aguarda noticias. Finalmente, llama a Junior.

—El Servicio Secreto no sabe nada de Eva —le explica.

—¿Y entonces? —pregunta Junior.

—Entonces, no estoy seguro —contesta Freddy—, pero creo que la han secuestrado.

28

CERCO

EL MURO de ladrillo de casi tres metros de altura se alza ante mí como una barrera carcelaria. En la cima, una rejilla de metal coronada por pinchos puntiagudos refleja la luz nocturna. El portón metálico permanece cerrado y, junto a él, hay una pequeña ventana desde donde el guardia de turno vigila el acceso. Sin una puerta directa a esa caseta, cualquiera que desee cruzar tendría que hacerlo desde el interior.

Necesito saber qué sucede al otro lado. Extraigo el móvil y marco.

—¿Dónde estamos, Andrew?

—Trabajando en ello —responde con ese tono de concentración que lo caracteriza—. Mira, esta gente emplea cortafuegos que parecen sacados de una base del

Pentágono. Son de Dray, así que ya te imaginas. Pero casi lo tengo.

—Bien. Voy a entrar para verlo por mí misma. Apago el dispositivo aquí. Verifica que el equipo esté cerca.

Cuelgo sin esperar respuesta y desactivo el terminal. Una llamada inesperada podría delatarme en el momento más crítico.

Busco un sector del muro que quede fuera del ángulo de visión del puesto de vigilancia. La penumbra es mi aliada. Me desabrocho el cinturón de cuero —un viejo hábito de supervivencia— y formo un lazo. Lo lanzo hacia los pinchos. Fallo en el primer intento. En el segundo, logra engancharse.

Tiro con fuerza y el nudo se ajusta. El cuero cruje bajo mi peso mientras asciendo. Al alcanzar la cima del muro, me sostengo como puedo, tratando de no herirme con esas puntas oxidadas. Desde aquí observo movimiento en el patio interior. Dos hombres cargan bultos hacia un camión para sacarlos del edificio. Los contenedores llevan impreso el logotipo de un videojuego. Es el lugar correcto. Tiene que serlo.

Espero que los muchachos no se demoren. Esto empieza a parecer una operación contrarreloj. Los hombres vuelven a salir, cada uno cargando otra caja.

—Estas son las últimas —dice uno de ellos.

—Avísale al jefe que ya está todo —responde el otro.

Un tercero, apoyado contra el vehículo, asiente. Saca el móvil y marca un número.

—El cargamento está listo. Avísale al comandante que salimos para allá.

Sube a la cabina como conductor. Otro ocupa el asiento del copiloto y el tercero camina hacia la entrada del edificio para bajar la persiana metálica.

¡Mierda!

El camión está a punto de partir y el equipo aún no llega. En la última comunicación dijeron que estaban cerca, pero no puedo permitirme esperar. Necesito detener ese vehículo. Recojo el cinturón y me descuelgo dentro del perímetro. Empuño la pistola y la mantengo lista en mi mano derecha. Primero debo encargarme del guardia de la entrada; si lo neutralizo, tendré libertad de movimiento.

La caseta se ve claramente ahora. La puerta está abierta y hay un hombre dentro, probablemente monitoreando. El portón comienza a abrirse. No puedo permitir que salgan. Detrás de mí, escucho el motor del camión encenderse; un sonido sordo y potente que anticipa el movimiento. El hombre que cerraba la persiana también sube al transporte.

Corro hacia el puesto de mando.

El guardia me detecta cuando estoy cerca. Intenta desenfundar, pero soy más rápida. Le envuelvo la muñeca que sostiene el arma con el cinturón y tiro hacia mí. Antes de que reaccione, le golpeo el tabique con la culata. Se tambalea. Lo sigo con un segundo impacto, esta vez en la sien. Cae como un peso muerto.

El camión gana velocidad. Arrastro el cuerpo inconsciente dentro de la caseta. Elevo la vista hacia las pantallas que cubren las paredes. Son monitores de vigilancia perimetral. Tuve suerte: ninguno me captó. Entonces, noto una cámara apuntándome directamente desde el interior. Una rápida mirada a los paneles confirma que no aparezco en las señales principales; la cámara interna está desconectada del sistema o no transmite. Destruyo el aparato con un golpe. La lente se quiebra en una telaraña de grietas y muere.

El camión avanza hacia la salida. Busco el comando para cerrarla. Mis dedos encuentran el panel de control y presiono el botón de emergencia. El portón desciende. El conductor frena con brusquedad y los neumáticos chirrían. Los hombres me miran a través del parabrisas, desconcertados. Uno abre la puerta y baja.

—¿Quién eres tú? ¿Qué crees que haces? —pregunta mientras se acerca.

Cuando está a un paso de identificarme, su expresión cambia. Sus ojos encuentran mi pistola.

—Mierda —murmura e intenta alcanzar la suya.

No le doy margen. Le disparo al pecho. El impacto lo lanza hacia atrás. Entonces, los otros dos abren fuego. Las balas impactan contra los vidrios de la caseta, haciéndolos añicos. Las pantallas explotan en una lluvia de cristales y chispas. Un proyectil roza los controles del portón. El mecanismo se detiene con un chirrido metálico. La puerta queda bloqueada, a apenas cincuenta centímetros del suelo.

Me lanzo al piso fuera de la caseta, usando el marco de la puerta como cobertura. Sujeto el arma con ambas manos y disparo mientras avanzo. Una bala silba cerca de mi oído; puedo sentir su rastro de calor.

Los dos hombres caen como fardos. No se mueven.

Miro alrededor. Silencio. Nadie más aparece. Me levanto, respirando con dificultad, y flexiono los hombros para liberar la tensión. La adrenalina comienza a desvanecerse.

—Al menos los detuve —susurro.

Camino hacia el edificio. Necesito ver qué más ocultan aquí. Llego a la persiana metálica, me agacho y sujeto el asa. Tiro hacia arriba con esfuerzo. Está más pesada de lo que esperaba. La levanto casi un metro, lo suficiente para pasar, y me deslizo al interior.

Busco un interruptor. Las luces parpadean antes de encenderse.

Dios mío.

Es una línea de ensamblaje. Exactamente como la que Luna describió en Savannah. Máquinas industriales alineadas con brazos mecánicos esperando órdenes que no llegarán. Cajas vacías se apilan en una esquina. Otras reposan sobre estantes de metal. Me acerco y abro un par. Repuestos. Piezas de drones; todo lo necesario para construir esos artefactos letales.

Camino hacia el centro de la nave y me detengo. Apoyo las manos en la cintura y exhalo lentamente.

—Aquí hay más trabajo para Freddy —murmuro.

Un zumbido surge a mi alrededor. No es un sonido común; parece provenir de todas partes a la vez. Me sobresalto y mi mano se dirige instintivamente a la culata de la pistola.

Un dron aparece y se aproxima. Antes de procesarlo, veo otros tres. Cuatro en total, formando un círculo perfecto a mi alrededor. Giro, intentando mantenerlos a todos en mi línea de visión. Cualquiera podría atacar primero. Mantengo el arma lista y los ojos en movimiento constante.

Entonces, algo cambia. Una luz se enciende en cada dron, brillante y repentina. Proyectan algo directamente sobre mi cabeza. Una imagen. Líneas de texto. Datos.

¿Qué diablos es esto?

Parpadeo, intentando enfocar la proyección, y entonces comprendo: esto no es un ataque. Es un mensaje.

29

TRAMPA MORTAL

LUGAR DESCONOCIDO, Luisiana
Miércoles, 6 de septiembre, 9:45 p. m.

—Y<small>A HA SALIDO</small> el último cargamento —anunció Dray, rompiendo el silencio sepulcral de la sala de mando.

Le acababan de informar de que el camión de Abilene estaba en ruta hacia su posición actual. Con un gesto de calculada frialdad, se aproximó al Camaleón, quien había llegado apenas unos minutos antes con la supuesta intención de supervisar que la fase final se ejecutara según lo previsto. El aire en la habitación era denso, cargado de una hostilidad latente que amenazaba con estallar ante cualquier chispa.

—Muy bien, Dray —respondió el Camaleón, dejando escapar una densa nube de humo de su habano.

El hombre no estaba solo. Dos guardaespaldas de dimensiones hercúleas, con trajes a medida que apenas contenían su musculatura, flanqueaban la entrada. Junto a ellos, un individuo escuálido, de mirada gélida tras unos lentes de montura metálica, permanecía atento a una tableta táctica. En el exterior, otros cuatro efectivos de seguridad patrullaban el perímetro del recinto.

A Dray le irritaba cada fibra de aquel hombre. En las paredes, los carteles de «Prohibido fumar» parecían una burla ante la actitud del recién llegado. Estaba convencido de que el Camaleón encendía aquel cigarro por pura provocación, un recordatorio silencioso y aromático de quién ostentaba el poder real en la jerarquía del Anillo.

Dray se obligó a mantener la compostura. Solo necesitaba tolerar su presencia un poco más. Una vez que lanzara el ataque a gran escala que había prometido, el tablero de juego cambiaría para siempre. Cuando el nuevo orden se estableciera, aquel viejo obeso y prepotente tendría que tragarse su habano junto con su orgullo.

—Has tenido un contratiempo en Texas hace un par de horas —dijo el Camaleón, observando la punta encendida de su cigarro—. Parece que te siguen el rastro con una facilidad alarmante, Dray. Hemos invertido una cantidad ingente de capital en ese repetidor de Sonora como para que caiga así de rápido.

Dray sintió una punzada de sorpresa, aunque no permitió que se reflejara en su rostro. ¿Cómo era posible que el Camaleón tuviera constancia de lo ocurrido en Sonora tan pronto? Sus redes de inteligencia interna eran más profundas de lo que Dray había estimado.

—Eso ya está bajo control —mintió Dray, cortante.

No deseaba dar explicaciones innecesarias ni mostrar debilidad.

Aunque ignoraba el alcance real del conocimiento de su interlocutor, sabía que nada estaba solucionado. La incursión en Sonora lo obligaría a acelerar el despliegue y a reforzar la protección de los repetidores restantes. Solo necesitaba que el sistema se mantuviera operativo veinticuatro horas más. Solo un día para cambiar la historia.

—Comandante —lo interrumpió uno de sus subordinados, que operaba desde una estación de trabajo repleta de monitores.

Dray se acercó con pasos rápidos y decididos.

—¿Qué ocurre? —preguntó, inclinándose sobre el hombro del técnico.

—Estas imágenes acaban de ser captadas en la cabina de seguridad de Estate Inc. —explicó el hombre mientras activaba la reproducción de un video en alta definición.

Octavian Dray observó con atención contenida. En la pantalla, una mujer de movimientos felinos y precisos arrastraba el cuerpo inconsciente de un guardia hacia el interior de la caseta de vigilancia. Momentos después, la mujer clavaba su mirada directamente en la lente, con una determinación que helaba la sangre, antes de destruir la cámara con un golpe seco.

—Ainara Pons —pronunció el Camaleón, cuya voz surgió justo detrás de Dray. El olor a tabaco rancio volvió a inundar el espacio personal del comandante—. Me temo que tiene usted otro problema grave, Dray. Debo admitir que su gestión está empezando a decepcionarme.

—¿Qué hay de las otras cámaras? —inquirió Dray, ignorando deliberadamente el comentario punzante de su superior.

—Los dispositivos del perímetro exterior solo son visibles desde la cabina local —informó el técnico—. Si decide entrar en el edificio principal, volveremos a tener señal visual... justo aquí.

Todos los presentes clavaron los ojos en una pantalla que, por el momento, solo mostraba la negrura de una nave industrial sin iluminar. El silencio en la sala se volvió opresivo.

—¿Tiene la certeza de que el cargamento sigue en camino? —preguntó el Camaleón, acercándose al escritorio y apagando los restos de su habano en un vaso de agua con un siseo final.

—Tú —ordenó Dray al técnico—, establece contacto con el camión. Quiero un informe de situación inmediato.

—Ahí la tienen —exclamó el Camaleón cuando la pantalla se iluminó de súbito.

En Abilene, la luz del almacén se había encendido, revelando la silueta de Ainara Pons en el centro de la instalación. La imagen era nítida; la mujer parecía inspeccionar la línea de montaje de los drones con una mezcla de curiosidad y rechazo.

—Aprenda de ella, Dray —comentó el Camaleón con una sonrisa torcida—. Esa mujer no se detiene ante nada. Posee una voluntad que rara vez se encuentra en este negocio. Pero no se preocupe, pronto la dominaré. ¿Hay alguna forma de establecer comunicación con ella?

La furia bullía en el interior de Dray. La arrogancia

del Camaleón, su forma de tratar a Ainara como si fuera una pieza de caza y su desprecio por la logística militar eran insoportables. Soñaba con el momento de derrocarlo, de demostrar que el Anillo necesitaba líderes, no burócratas corruptos. Pero, por ahora, el camuflaje era su mejor arma.

—Sí —respondió Dray, forzando una calma artificial—. Tengo un sistema de proyección que le interesará. Sígame.

Dray lo guio hacia un cubículo blindado situado en un lateral de la sala. Era una tecnología de vanguardia que pretendía estrenar durante el discurso final del gran ataque, pero decidió que sería útil impresionar al Camaleón ahora para asegurar que sus planes no fueran saboteados desde dentro.

—Sitúese aquí —indicó Dray, señalando una tarima circular equipada con sensores láser—. No solo podrá hablarle, sino que ella podrá ver su imagen proyectada de cintura para arriba mediante hologramas de luz sólida.

—No deseo que identifique mi rostro —advirtió el Camaleón—. ¿Puede distorsionar los rasgos?

Dray asintió mientras escribía en un teclado táctil de última generación. Unas luces estroboscópicas se encendieron alrededor de la tarima, capturando la volumetría del hombre. En ese instante, el técnico del escritorio se acercó a Dray con un teléfono encriptado.

—Señor, tengo al conductor del camión de Abilene en línea —susurró.

—Que comience el espectáculo —le dijo Dray al Camaleón antes de presionar la tecla de activación de los drones.

Luego, agarró el teléfono y se apartó unos metros para que el Camaleón no pudiera escuchar la conversación privada. Se llevó el auricular al oído, manteniendo la vista fija en la pantalla donde Ainara empezaba a verse rodeada por las máquinas.

—Hola —dijo una voz al otro lado de la línea.

AFUERAS DE ABILENE, Texas
Miércoles, 6 de septiembre, 9:45 p. m.

LUNA, Peter y Alain llegaron a las instalaciones de Estate Inc. bajo un cielo encapotado que ocultaba la luna. Habían intentado contactar con Ainara repetidamente durante el trayecto desde Sonora, pero su terminal permanecía apagado o fuera de cobertura, lo que solo aumentaba la ansiedad del grupo. Al aproximarse al muro perimetral, el panorama que encontraron no fue alentador: el pesado portón metálico estaba entreabierto, dejando una brecha oscura y amenazante.

—Esto no me gusta nada —susurró Alain, desenfundando su arma con un movimiento fluido.

Se acercaron con cautela táctica, utilizando las sombras proyectadas por los baches del terreno. Peter y Luna se posicionaron a un flanco del acceso, cubriendo la ventana de la caseta, mientras Alain se desplazaba hacia el lado opuesto, manteniendo el ángulo muerto del portón. El silencio en el complejo era absoluto, roto únicamente por el crujido de la grava bajo sus botas y el lejano rumor del viento en las estructuras metálicas.

Alain fue el primero en asomarse a la ventana de la caseta de seguridad. El interior era un caos de cristales rotos y monitores destrozados, señales inequívocas de un enfrentamiento breve pero violento. Hizo una seña a sus compañeros para que avanzaran. Al mirar de nuevo hacia el suelo de la cabina, divisó un cuerpo inmóvil. Tras unos segundos de tensión insoportable, confirmó que se trataba de un guardia uniformado.

—No es ella —confirmó Alain por el comunicador interno, soltando un suspiro de alivio contenido.

Peter fue el siguiente en avanzar hacia el patio interior. Allí, la escena era aún más dantesca. Un camión de transporte pesado permanecía con el motor apagado a pocos metros de la salida. Alrededor del vehículo, tres cuerpos más yacían esparcidos sobre el asfalto frío, en posiciones que indicaban una muerte instantánea y eficiente.

—Por aquí ha pasado Ainara —sentenció Peter, observando la precisión de los impactos—. Ha dejado un rastro de destrucción quirúrgica.

Luna se asomó también, analizando la escena con su ojo clínico. Los casquillos en el suelo y la posición de los caídos contaban una historia de emboscada y respuesta rápida. Ainara se había visto acorralada y había resuelto la situación con la letalidad que la caracterizaba.

Alain se adelantó para revisar la cabina del camión, buscando cualquier indicio de la dirección que podría haber tomado su compañera. Sin embargo, un sonido estridente y rítmico lo obligó a detenerse en seco. Sus compañeros también lo detectaron al instante. Era el tono de llamada de un teléfono móvil, vibrando con insistencia contra el metal.

Los tres dirigieron sus linternas hacia los cuerpos. Encontraron el origen del sonido en el bolsillo de uno de los mercenarios que yacía cerca de las ruedas traseras del camión. Peter se acercó al cadáver, se agachó con precaución y extrajo el terminal. La pantalla iluminaba su rostro en la oscuridad.

—El identificador dice «Comandante» —anunció Peter, mirando a Luna con una ceja levantada.

—Atiende —ordenó Luna, cuya expresión se había vuelto repentinamente sombría—. Necesitamos saber qué esperan de ellos.

Peter presionó el botón de aceptación de llamada y puso el altavoz, manteniendo el terminal a una distancia prudencial.

—Hola —saludó Peter, forzando una voz neutra y ligeramente ronca, intentando imitar el tono de un subordinado bajo presión.

—Soy el comandante —respondió una voz al otro lado. Era una voz metálica, desprovista de toda emoción humana, que parecía emanar de un pozo de frialdad absoluta—. ¿Está todo en orden? ¿Por qué habéis tardado tanto en asegurar el perímetro?

Peter miró a los muertos a su alrededor antes de responder.

—Sí... todo está bajo control —improvisó—. Hubo algunas complicaciones menores.

—Me lo imagino —contestó la voz del Comandante

—. Mis informes indican que hay un intruso en Estate, una mujer. ¿La habéis localizado ya?

—No —respondió Peter, tratando de no dudar—. No hemos visto a nadie sospechoso en los últimos minutos. ¿Quiere que volvamos a registrar el edificio principal?

—No será necesario —dijo el hombre, y Peter pudo jurar que detectó una sombra de sadismo en su tono—. Esa mujer no saldrá viva de esas instalaciones. He activado los protocolos de contención. No perdáis más el tiempo. Prefiero que vuestro cargamento llegue a Luisiana cuanto antes. La fase final requiere esos drones operativos. Los espero allí. No me fallen.

La comunicación se cortó abruptamente con un pitido seco. Peter bajó el brazo, sintiendo el peso muerto del teléfono en su mano. Alain, que había escuchado cada palabra, apretó la mandíbula.

—Tenemos que entrar ya mismo y encontrar a Ainara —intervino Alain con urgencia—. Si Dray ha activado algún sistema de seguridad automático, ella está atrapada en una ratonera.

Peter notó que Luna no se movía. Permanecía estática, con la mirada perdida en la entrada del almacén iluminado.

—¿Luna? ¿Qué ocurre? —preguntó Peter, alarmado por su silencio.

—Acabas de hablar con Dray —respondió Luna en un susurro, como si estuviera encajando las piezas de un rompecabezas mental doloroso.

—¿Cómo puedes estar tan segura? Podría ser cualquier mando intermedio de sus mercenarios —replicó Peter.

Luna negó con la cabeza y lo miró fijamente. En sus ojos había una mezcla de reconocimiento y temor.

—No era un mando cualquiera, Peter. Era el Comandante. Esa inflexión, la forma de estructurar las órdenes... Es exactamente la misma voz del Comandante de las misiones de *Call of Duty*. Dray no solo está usando los mapas y la tecnología; ha asumido la identidad del juego para dirigir esta guerra. Estamos dentro de su fantasía, y Ainara es el objetivo final de su misión.

30

EL JUEGO DEL CAMALEÓN

AFUERAS DE ABILENE, Texas
Miércoles, 6 de septiembre, 9:50 p. m.

LAS LUCES de los drones convergen sobre mí. Retrocedo. Un holograma difuso se materializa en el aire. Distingo el busto de un hombre trajeado; sus facciones están tan desdibujadas que sería incapaz de reconocerlo en persona.

—Yo conocí muy bien a tu mentor en Quantico, Ainara —dice la figura—. Richard Wells fue un estudiante aplicado… antes de convertirse en comandante.

No necesito ver su rostro para identificarlo. Es el Camaleón, estoy segura. Me he enfrentado a él en numerosas ocasiones, pero jamás cara a cara. Es un espectro que me acecha sin exponerse jamás.

—¿Nunca te preguntaste por qué te eligió como protegida? —continúa—. ¿Por qué desapareció justo cuando estabas a punto de descubrir la verdad sobre la Operación Vértigo?

No debo permitir que me manipule. Busca sembrar la duda para debilitar mi moral.

—Wells era un agente ejemplar —le respondo—. Tus distorsiones no cambiarán ese hecho.

—Eres tan leal... —comenta—, igual que él al principio. Revisa su archivo, Ainara. Descubre quién diseñó realmente el Anillo.

Me niego a dar crédito a sus palabras, pero ha logrado inquietarme. Sin embargo, no puedo desperdiciar esta oportunidad. Esto es lo que esperaba: establecer contacto con él. Ahora que cree haberme dominado, es el momento de contraatacar.

—Tú no sabes nada de lealtad —le espeto—. Ni siquiera tus hombres te son fieles. Pregúntale a Dray, por ejemplo. ¿Realmente crees que trabaja para ti? ¿No te has percatado de que te utiliza para su propia agenda? Va a despertar a Cenizas, pero no para que cumpla tus deseos. La va a liberar. Ella se adueñará del mundo y acabará con todo aquel que se le oponga.

La transmisión se corta de súbito.

Lugar desconocido, Luisiana
Miércoles, 6 de septiembre, 9:50 p. m.

Dray finalizó la comunicación telefónica. Ahora debía encargarse de aquella mujer él mismo; no podía permitirse perder otra instalación. Regresó hacia la posición del Camaleón. Era conveniente que la hubiera entretenido, pero al acercarse, escuchó las palabras de Ainara a través del sistema de audio.

—Tú no sabes nada de lealtad —decía ella—. Ni siquiera tus hombres te son fieles. Pregúntale a Dray, por ejemplo. ¿Realmente crees que trabaja para ti…?

Dray se tensó. No comprendía cómo podía saber tanto sobre él.

—¿No te has percatado de que te utiliza para su propia agenda? Va a despertar a Cenizas, pero no para que cumpla tus deseos. La va a liberar.

Dray detectó un rastro de vacilación en el rostro del Camaleón. Debía silenciarla de inmediato. En la consola situada a su derecha, pulsó una secuencia de teclas. Acababa de conmutar el modo de los drones de «proyección» a «ataque».

Las pantallas se oscurecieron. El Camaleón lo miró con fijeza.

—¿Qué ha sucedido? —le inquirió.

—No lo sé —respondió Dray—. Hemos perdido el enlace. Alguien ha interferido la señal.

—¿De qué hablaba Ainara? —preguntó el Camaleón con gravedad.

—No tengo idea, señor —mintió—. Acabo de hablar con mis efectivos. Los planes prosiguen según lo previsto. El cargamento está en ruta.

—Bien —respondió el Camaleón—. No tengo más que hacer aquí.

El hombre descendió de la tarima y realizó una breve seña a sus escoltas. Era hora de partir. Caminó hacia la salida, pero se detuvo antes de cruzar el umbral y se dirigió a Dray sin girarse.

—Espero que mañana todo resulte impecable —sentenció—. No toleraré más sorpresas.

Una vez fuera, el Camaleón subió a su limusina. El hombre de los lentes se sentó a su lado.

—¿Qué piensas, Arthur, de lo que afirmó Pons? —preguntó el Camaleón.

—Usted la conoce mejor que yo, señor —respondió Arthur—. Sin embargo, me resultó sospechoso que la comunicación se interrumpiera en ese preciso instante. Me habría gustado escuchar el resto.

—A mí también, Arthur —dijo el Camaleón—. No confío en ese fanático de Dray. Es demasiado inestable. Averigua con tus informantes si lo que dijo Pons tiene algún fundamento.

Afueras de Abilene, Texas
Miércoles, 6 de septiembre, 9:55 p. m.

Las luces de proyección de los drones se extinguen. Una pequeña señal roja se enciende en cada unidad. Observo un movimiento mecánico en los dispositivos. En la parte superior, la lente que proyectaba al Camaleón se retrae; en la inferior, un pequeño cañón rota hasta apuntarme directamente.

¡Diablos!

No sé a cuál abatir primero. Estas máquinas van a

acribillarme. Disparo al que tengo enfrente por puro instinto, sabiendo que los otros acabarán conmigo antes de que pueda reaccionar.

Justo cuando voy a apuntar al siguiente, resuenan varias detonaciones simultáneas. Los drones estallan en fragmentos metálicos. Me giro y, en el acceso principal, distingo los rostros sonrientes de mis amigos.

—¿Por qué habéis tardado tanto? —les pregunto, devolviéndoles la sonrisa.

—Estábamos dando un paseo por Texas —responde Alain—. No teníamos nada mejor que hacer.

Los tres se aproximan. Peter es el primero en estrecharme.

—Cuando vuelvas a ver esos aparatos —dice Peter al soltarme—, no te quedes charlando. Simplemente dispara.

—Lo haré —le aseguro mientras Luna me abraza—. Pero creo que la distracción ha sido útil.

—Escuchamos la última parte —afirma Luna—. Le advertiste que Dray planea traicionarlo.

—Es la verdad —respondo—. Quizás el Camaleón se encargue de nuestro problema. Nunca se sabe.

31

LA OBSESIÓN DE OCTAVIAN

AFUERAS DE ABILENE, Texas
  Miércoles, 6 de septiembre, 10:00 p. m.

—Lamento interrumpir —dice Alain—, pero según nuestra experiencia, el equipo de limpieza debe de estar en camino. ¿Qué hacemos?

—Tal vez debamos esperarlos —digo—. Si acabamos con ellos, Freddy podrá extraer de aquí toda la evidencia que necesite.

—Es una buena opción —dice Luna—, pero creo que tenemos una mejor.

—Te escucho —le respondo con curiosidad.

—Peter acaba de charlar con su «amigo Dray» —continúa Luna y esta vez realmente me sorprende.

—No es que seamos amigos —interviene Peter—. Solo respondí al teléfono de uno de los cuerpos que dejaste a tu paso.

—¿Y? —pregunto.

—Dray cree que el camión va hacia su posición —explica Peter.

—Dray dijo que lo esperaba en Luisiana —continúa Luna—. No sabemos exactamente dónde, pero si tomamos el camión y vamos hacia allá, los tomaremos por sorpresa; Dray incluido.

—Debemos intentarlo —digo—. Busquemos la dirección en el camión y en los cuerpos.

Nos preparamos y salimos del edificio por debajo de la persiana medio levantada.

—Luna y yo revisaremos los cuerpos —indico—. Ustedes deben abrir el portón manualmente. El sistema se dañó.

Mientras los muchachos van hacia la entrada, nosotras inspeccionamos los cadáveres. No hallamos nada.

—Veamos en la cabina del camión —dice Luna.

Mientras subimos al vehículo, Peter y Alain ya han abierto el portón.

—¿Qué hacemos con ellos? —pregunta Peter.

—En teoría, van en este camión —respondo— y son nuestra coartada. Así que no tenemos alternativa.

—Bueno, amigos —dice Alain. Levanta uno de los cadáveres y se lo echa al hombro—. Los llevaremos con nosotros.

—Aquí no hay nada —afirma Luna.

—No importa —digo mientras evalúo cómo seguir —. Vamos con el camión de igual modo.

Peter y Alain ya han metido los cuerpos en la parte trasera.

—Debemos irnos y no deben sospechar —explico—.

Así que ustedes conducirán el camión; Luna y yo nos llevaremos los coches.

—Pero no sabemos hacia dónde —protesta Peter.

—Vamos a Luisiana —sugiero—. Tiene que haber allí algo relacionado con Estate Inc. Andrew lo encontrará.

—Esperen —dice Peter. Saca el móvil de un bolsillo —. Hablando de Andrew.

Peter atiende y activa el altavoz.

—Estamos los cuatro escuchando —dice Peter—, pero debemos irnos rápido. Habla.

—Me alegro de que estén a salvo —contesta Andrew —. Logré hackear Estate Inc. e intercepté una transmisión potente con gran cantidad de información. No supe qué era.

—Tal vez fue el holograma —digo.

—¿Holograma? —pregunta Andrew—. Lo que sea, no importa. Lo interesante es que descubrí de dónde venía.

—Dime que era de Luisiana —lo interrumpo.

—Sí —contesta.

—¿Tienes la dirección exacta? —pregunta Peter.

—Sí —responde Andrew.

—Envíala a los móviles —le digo—. Nos vamos.

Peter termina la llamada y cada uno va hacia su vehículo. Sabía que podía confiar en Andrew.

LUGAR DESCONOCIDO, Luisiana
  Miércoles, 6 de septiembre, 10:00 p. m.

Una vez que el Camaleón se ha marchado, Dray vuelve rápido al escritorio frente a la pantalla que muestra lo sucedido en Abilene. Ve caer a los drones hechos trizas y a los cuatro intrusos abrazarse.

—Malditos —dice entre dientes—. Están festejando su victoria.

Dray está furioso. Piensa que eso no puede ser, que nunca ha perdido una misión así.

—Esto está mal —dice. Ve que las cuatro personas abandonan el edificio—. ¡Manden gente de inmediato! ¡No pueden ganar!

Grita lleno de ira. Esto atenta contra su control. Esto no encaja en su mundo. Debe remediarlo para que su estructura no se venga abajo.

—Averigua más de esa gente —le dice al hombre frente al ordenador—. ¿Quién es esa Ainara Pons? ¿Cuál es su relación con el Anillo? Quiero saberlo todo.

Irak, 2010

Después de que Octavian evitara el ataque de los drones, el muchacho comenzó a obsesionarse con el tema. Había máquinas capaces de pelear bajo órdenes a distancia. Eran las armas perfectas. Quería tenerlas para él. En aquel momento, los drones eran costosos aviones no tripulados. Pero convenció al líder de los mercenarios de que podía hacer lo mismo con coches de juguete a control remoto.

Con mucha resistencia, le trajeron uno de esos juguetes. Octavian le añadió explosivos y logró incrementar el alcance del aparato. El invento fue un éxito. Esto lo replicó con botes a control remoto. Podía atacar con sus vehículos de agua y tierra en casi todas las situaciones en que se encontrara.

Sin embargo, había algo que aún no tenía: el dron volador. Lo había intentado con helicópteros y aviones a control remoto. Pero el problema del peso de la carga explosiva era algo que no podía superar. También era muy difícil controlar el vuelo a distancia. Necesitaba dominar un aparato que le permitiera dar una verdadera batalla. La tecnología existente era ineficiente. Necesitaba algo distinto.

—Mira lo que te trajeron —dice Amir. Entra con una gran caja.

Octavian la toma y la acaricia con su mano derecha, la misma que tiene el rayo que le tatuó Amir hace casi diez años. No puede creer lo que tiene frente a sus ojos.

—Acaba de salir —aclara Amir—. Dicen que se maneja con el teléfono móvil.

Octavian está fascinado. Por fin tiene lo que buscaba: el dron volador. Con esta criatura nunca perderá una batalla.

—Llegó el momento —dice Octavian.

—¿El momento de qué? —pregunta Amir, intrigado.

—El momento de llevar la batalla a donde corresponde.

Amir le pregunta a qué se refiere, pero Octavian no

le responde. Está concentrado en sus pensamientos. Con ese dron se convertirá en el gran estratega que siempre ha querido ser. Podrá atacar al verdadero enemigo que se encuentra en Estados Unidos. Es hora de no trabajar más para el que le pague, sino de poder elegir a su contrincante. Sabe desde pequeño a quién tiene que atacar para vengar la muerte de sus padres. Ahora podrá hacerlo. Nunca más perderá una batalla.

NOMBRES EN CLAVE

Mansión de la senadora Eva Longobardi, Washington D. C. Miércoles, 6 de septiembre, 10:10 p. m.

Cuando Freddy llega a la mansión de la senadora, observa un coche negro estacionado ante la entrada. Sospecha que se trata de una unidad del Servicio Secreto. Baja de su vehículo y se anuncia ante el guardia; el hombre habla con alguien por el intercomunicador y, de inmediato, le permite el paso.

Freddy camina hasta la puerta de la residencia. Antes de que pueda tocar el timbre, una mujer le abre y lo invita a entrar. Al llegar a la sala, encuentra a los dos agentes que lo habían visitado previamente. Están sentados en un sofá, junto al personal de la casa.

—Bienvenido, jefe Tanaka —dice el agente Norton —. Si lo desea, puede interrogar a estas personas, pero le presentaré un resumen.

—Adelante —contesta Freddy.

—Anoche se presentaron aquí dos individuos —continúa Norton—. Dijeron ser los agentes Diglett y Gloom, del Servicio Secreto.

Norton hace una pausa.

—Parece que la senadora había hablado por teléfono con alguien antes de que ellos llegaran. Le pidió a una de sus empleadas que preparara un cambio de ropa. Ella se marchó por voluntad propia y no permitió que su jefe de seguridad personal, Frank Wallace, los acompañara.

—¿Qué más? —pregunta Freddy.

—Les advirtieron que no debían mencionar nada de esto, alegando que se trataba de un asunto de seguridad nacional. Desde ese momento, no supieron más de ella.

—¿Entonces? —inquiere Freddy.

—Entonces —repite Norton—, lamento decir que estamos ante un secuestro. Esa gente no tenía relación alguna con nosotros. La senadora fue engañada, lo cual les otorgó una ventaja considerable, ya que nadie presentó una denuncia.

Freddy asiente. Comprende que todos han sido burlados y que no queda más remedio que iniciar la investigación.

—Bien —dice Freddy mientras observa a los empleados—. Les pido a todos que permanezcan aquí hasta que llegue mi equipo. Esta es ahora una investigación del FBI.

Luego mira a los agentes.

—Supongo que el Servicio Secreto también iniciará su propia indagación —continúa Freddy—, así que espero que colaboren conmigo. Compartiré toda la información disponible con ustedes.

Los agentes intercambian una mirada. Luego, Norton retoma la palabra.

—Me parece bien —afirma—. Hemos incautado el teléfono de la senadora. Lo analizarán nuestros especialistas e inmediatamente le entregaremos un informe.

Los agentes se ponen de pie.

—Le encargo, jefe Tanaka —añade Norton—, las grabaciones de seguridad de la casa. Por favor, remítanos cualquier hallazgo.

El oficial se acerca a Freddy y le entrega una tarjeta. Freddy la examina; lo único que figura es un número de teléfono. Es la primera vez que establece contacto directo con el Servicio Secreto. De pronto, tiene una corazonada.

—Esperen —les pide mientras busca algo en su dispositivo.

—¿Sí, Tanaka? —responde Norton, deteniéndose.

Freddy encuentra lo que buscaba. Levanta el teléfono y les muestra la pantalla.

—Aquí tienen a los agentes Diglett y Gloom —explica.

Los hombres del Servicio Secreto se acercan a observar. Es el agente Zapata, cuya voz Freddy no conocía, quien habla sorprendido.

—¿*Call of Duty*? —pregunta.

—¿Qué es esto? —dice Norton al ver las imágenes de personajes del videojuego con los nombres de los falsos agentes.

—Si vamos a colaborar en serio —dice Freddy—, tenemos que hablar con franqueza.

Norton lo mira fijamente.

—¿Qué intenta decir?

—Que hay alguien que utiliza códigos de *Call of Duty* para sus operaciones —explica Freddy—. Y creo que ese alguien tiene a la senadora.

Los agentes intercambian miradas. Zapata se cruza de brazos.

—Prosiga, jefe Tanaka —pide Norton.

Freddy respira hondo. Ha llegado el momento de compartir los datos.

—Hay un hombre al que llamamos Dray —comienza—. Es un mercenario obsesionado con el videojuego *Call of Duty*. Utiliza nombres y códigos del juego para todo. Sus hombres emplean alias de la franquicia y sus operaciones replican patrones tácticos de las misiones.

—¿Y por qué secuestraría a una senadora? —pregunta Zapata.

—Eso —concluye Freddy— es lo que todavía estamos tratando de averiguar.

CARRETERA 80, Texas
Miércoles, 6 de septiembre, 10:30 p. m.

EL CAMIÓN SALE de la carretera por una bajada que parece no llevar a ningún lado. Yo lo sigo y Luna viene tras de mí. La oscuridad es total. Apenas distingo una luz a cien metros de distancia. Peter detiene el camión. Él y Alain bajan de la cabina y se dirigen a la parte trasera.

—Creo que este es un buen lugar —dice Peter cuando me acerco.

—Es verdad —respondo—, pero de prisa.

Alain abre el portón trasero y, entre los cuatro, descargamos los cadáveres. Los ocultamos tras la maleza y regresamos al camino.

—¿Qué hacemos con los coches? —pregunta Luna.

—Avancemos media hora más —contesto—. Los abandonaremos en cualquier punto.

—Tenemos más de diez horas de viaje por delante —dice Peter—. Una vez que dejemos los coches, ustedes dormirán mientras Alain y yo conducimos. Luego intercambiaremos turnos.

—Perfecto —le contesto—. Los seguimos.

Volvemos a nuestros vehículos y regresamos a la carretera. Será una larga noche.

En la carretera, saliendo de Washington D. C.
Miércoles, 6 de septiembre, 11:00 p. m.

Freddy acaba de hablar con los agentes del Servicio Secreto. Decidió que la vida de Eva valía mucho más que guardar secretos, así que les reveló todo lo que sabía sobre Dray y Cenizas. Omitió, sin embargo, lo relacionado con Ainara y el Anillo; era preferible mantener ciertos temas en la sombra.

Cuando llegaron los efectivos del FBI, dio las instrucciones pertinentes y emprendió el regreso a Nueva York. Envió un mensaje a Andrew para avisarle de que ya podían hablar. Su teléfono suena.

—Hola, Andrew —atiende Freddy—. La senadora fue secuestrada por Dray. Dos de sus hombres se hicieron pasar por agentes del Servicio Secreto para llevársela sin levantar sospechas.

—Maldita sea —contesta Andrew—. ¿Crees que sea por la ley que mencionó Junior?

—Posiblemente —responde Freddy—, aunque también era la única que podía vincularlos con Cenizas. Ese puede ser otro motivo para hacerla desaparecer. Sin ella, no tienen nada.

—Junior está trabajando en ello —dice Andrew—. Busca a alguien que haya estado en la Comisión de Defensa del Senado cuando se trató el tema de Cenizas. Si localiza a la persona adecuada, podremos acercarnos un poco más.

—Cualquier novedad que tenga —contesta Freddy —, que me llame enseguida. ¿Cómo van las cosas en Texas?

—Todos están bien —responde Andrew—. Ahora se dirigen a Luisiana.

—¿Luisiana? —pregunta Freddy—. ¿Qué hay allí?

—Dray —responde Andrew—. Esperemos que Dray esté allí.

Freddy aprieta el volante con fuerza. La pieza del diseño comienza a encajar.

—Si lo encuentran —pide Freddy—, diles que tengan cuidado. Este tipo es peligroso.

—Lo sé —contesta Andrew—. Ya se lo advertí a Ainara.

—¿Y qué respondió ella?

—Que era exactamente lo que esperaba escuchar.

Freddy sonríe a pesar de la tensión. Esa respuesta es típica de Ainara.

—Mantenme informado —dice Freddy—. Avísame si necesitan cualquier cosa.

—Lo haré —responde Andrew—. Ten cuidado tú también.

Freddy cuelga. La autopista se extiende ante él. Todavía quedan horas de camino hasta Nueva York. Enciende la radio para mantenerse alerta. Piensa en Eva Longobardi, en Dray y en Cenizas. Todas las piezas están conectadas; solo necesita hallar el patrón definitivo. Su teléfono vibra. Es un mensaje de Norton: «Análisis del dispositivo listo en dos horas. Le mantendré informado».

Freddy acelera. Cada minuto cuenta.

33

LA LLAMADA ABSOLUTA

En un avión en pleno vuelo
Miércoles, 6 de septiembre, 11:50 p. m.

El Camaleón enciende otro habano en la cabina de su avión privado. Ha estado dándole vueltas a las palabras de Ainara. Sabe que Dray no está del todo cuerdo, pero ¿qué genio lo está? El dilema es decidir si, además de loco y genio, es lo bastante estúpido como para intentar traicionarlo.

¿Por qué haría algo así?

Se le otorgaron recursos ilimitados. Se satisfizo su obsesión por manejar cientos de drones como si fuesen mascotas. Además, él cree que se está vengando de quienes mataron a sus padres; no podría pedir nada más. Por otro lado, los técnicos le aseguraron que no tendría forma de activar a Cenizas por completo. Le explicaron que solo alcanzaría la fase necesaria para cumplir con los objetivos del Anillo. En teoría, no debería preocuparse.

Sin embargo, ya ha aprendido que no debe subestimar a Ainara. Considera la posibilidad de que ella sepa algo que él ignora. El teléfono que reposa sobre la mesa frente a él suena y atiende de inmediato.

—Soy Arthur, señor —dice la voz al otro lado—. Tengo noticias.

El Camaleón había dejado a su asistente en Texas para vigilar e investigar a Dray.

—¿Qué has averiguado? —pregunta.

—Nuestro contacto en el Servicio Secreto —informa Arthur— me ha comunicado que un agente del FBI descubrió que la senadora Longobardi fue secuestrada.

Esas palabras ponen al Camaleón en alerta. Deposita el habano en el cenicero y observa cómo algunas cenizas caen sobre la mesa. Se queda contemplándolas fijamente.

—Parece ser que varios individuos se hicieron pasar por agentes del Servicio Secreto —continúa Arthur— y se la llevaron de su domicilio.

—¿Y qué sabes de Dray? —pregunta el Camaleón con inquietud—. ¿Crees que ha sido él quien la mantiene retenida?

—Me han informado de que en la base de Oklahoma hubo más movimiento del habitual —responde Arthur —. Pero no me han confirmado de qué se trata exactamente.

Esta información lo cambia todo. Tal vez Ainara tenía razón después de todo.

—El agente del FBI —dice el Camaleón—, ¿es Tanaka?

—Sí —responde Arthur—, es él.

El Camaleón permanece un instante en silencio, evaluando las posibilidades a su alcance. Necesita a Dray, pero no puede permitir que sus delirios avancen más.

—Bien hecho, Arthur —concluye al fin—. Deja que Dray ejecute mañana lo planeado; decidiré después hasta dónde le permito llegar. Ya puedes abandonar Texas. Por el momento, realizaré algunos movimientos para quedar a resguardo.

Mira de nuevo las cenizas que se dispersaron fuera del cenicero. Apoya el índice de su mano libre sobre ellas y las presiona; se quedan adheridas al dedo. Luego cierra la mano en un puño y sentencia:

—No permitiré que Cenizas se escape.

Piso de Freddy, Brooklyn, Nueva York
Jueves, 7 de septiembre, 3:00 a. m.

Un sonido abrupto rasga el silencio de la noche. Freddy, por puro reflejo, estira la mano y empuña su arma. Abre los ojos, pero la oscuridad es total. Vuelve a escuchar el sonido: es el teléfono.

—Ainara —murmura. El móvil se encontraba en la mesa, justo al lado del arma.

Recoge el dispositivo y ve que se trata de un número privado. Atiende.

—¿Jefe Tanaka? —pregunta la voz de un hombre.

Freddy no lo identifica; aún está saliendo del letargo

del sueño. Consulta el reloj: apenas hacía una hora que había logrado dormirse.

—Sí —responde mientras intenta despejarse—. ¿Quién habla?

—Soy el secretario de Seguridad Nacional —responde el hombre—, Robert McWire.

—Señor secretario —dice Freddy, sorprendido, mientras se endereza en la cama—. Es un honor saludarlo.

Freddy lo había visto una sola vez, cuando fue condecorado por el presidente tras un caso anterior.

—Lo mismo digo —responde McWire—, pero lamentablemente las circunstancias no son las mejores. Seré breve: me han llamado del Servicio Secreto.

Al oír esto, Freddy contiene el aliento. Piensa que no es una buena señal; está convencido de que cerrarán el caso y le ordenarán silencio. Cuando Freddy reveló la situación al agente Norton, sabía que este escenario era probable.

—Sí, señor secretario —responde Freddy, resignado.

—Debido a lo que me han explicado —continúa McWire—, he decidido elevar su nivel de seguridad a siete mientras dure este caso. Me han informado de que usted conoce mejor que nadie lo que está sucediendo.

Freddy parpadea, incrédulo ante lo que escucha.

—Quiero que lidere esto en el ámbito nacional —prosigue McWire—, con recursos ilimitados. Con ese nivel de seguridad, no será necesario que solicite autorización a nadie para actuar.

El secretario hace una pausa.

—Usted le salvó la vida al presidente. Tengo plena confianza en su criterio. Hoy a las ocho quiero su informe en mi escritorio. Se activará una línea directa con mi oficina; manténgame al tanto de cada descubrimiento.

Freddy está atónito. Procesa la información mientras observa a su alrededor para asegurarse de que no es un sueño. Pronto recupera la compostura.

—Comprendido, señor secretario.

—Excelente —dice McWire—. Una cosa más, jefe Tanaka: lo que está investigando es más complejo de lo que cualquiera imaginaba. Necesito que sea cuidadoso. Muy cuidadoso.

—Lo seré, señor.

—Bien. Espero su informe a las ocho en punto.

La llamada finaliza. Freddy se queda sentado en la cama, envuelto en la penumbra de la habitación. Afuera, las luces de Nueva York titilan tras el cristal. Nivel de seguridad 7. Recursos ilimitados. Acceso directo al secretario de Seguridad Nacional. Jamás en su carrera había ostentado tal autoridad.

Se levanta; ya no tiene sentido intentar conciliar el sueño. Enciende la luz y se dirige a la cocina. Prepara café mientras su mente trabaja a toda velocidad. Tiene menos de cinco horas para redactar un informe exhaustivo. Debe incluirlo todo: Dray, Cenizas, el Anillo, las bases operativas y el secuestro de la senadora Longobardi.

Todo, excepto a Ainara. Ella debe permanecer en la sombra.

Toma su portátil y se sienta a la mesa del comedor. Abre un documento nuevo; el cursor parpadea sobre el fondo blanco. Freddy respira hondo y comienza a teclear.

INFORME CONFIDENCIAL - NIVEL 7

PARA: Secretario Robert McWire

DE: Jefe Frederick Tanaka, FBI

FECHA: 7 de septiembre

ASUNTO: Operación Cenizas y amenaza terrorista nacional.

Sus dedos se deslizan sin pausa sobre el teclado. Cada dato, cada conexión y cada pieza del rompecabezas que ha ido armando durante días queda plasmada en el documento. El café se enfría en la taza mientras trabaja. Las horas transcurren y, afuera, la ciudad comienza a despertar.

A las 7:45 a. m., Freddy lee el informe por última vez. Veintitrés páginas de conclusiones respaldadas por evidencias. Adjunta los archivos relevantes y presiona «enviar».

Ahora solo queda esperar y prepararse para lo que viene. Freddy sabe que, con tales recursos, las expectativas son altísimas y el margen de error, inexistente.

34

PROTOCOLO IRREVOCABLE

Los Hamptons, Nueva York
Jueves, 7 de septiembre, 11:00 a. m.

FREDDY DETIENE su vehículo ante una lujosa mansión en Los Hamptons. Hoy a las siete de la mañana, mientras se preparaba para acudir a la oficina, recibió una llamada de Junior.

—He encontrado a tres personas que trabajaron bastante tiempo con Eva en la Comisión de Defensa —le explicó Junior—. Los tres deberían estar al tanto de la existencia de Cenizas. Entre ellos, uno destaca como la mejor opción para colaborar en la búsqueda de Eva.

Junior hizo una breve pausa antes de continuar.

—Se trata del exsenador James Harlow, quien presidió la Comisión de Defensa justo antes de que Eva lo reemplazara. Ella era su pupila. Harlow había impulsado su carrera política y terminó cediéndole el testigo.

Fue quien la avaló para acceder al cargo ya que, por su juventud y su condición de mujer en comparación con sus colegas, no era bien vista por los sectores más conservadores.

Junior estaba convencido de que ese hombre hablaría si le explicaban que Eva corría peligro. Freddy le informó después sobre la llamada del secretario de Seguridad Nacional. Tuviera o no la intención de hacerlo, el exsenador se vería obligado a declarar ante un agente con nivel de acceso siete.

—¿Nivel siete? —preguntó Junior.

—Así es —le contestó Freddy—. El director Smith posee nivel cinco. Tengo vía libre para casi cualquier procedimiento. Las autoridades deben de estar desesperadas.

Tras la comunicación con Junior, Freddy recibió un mensaje en su línea directa con las credenciales digitales que certificaban su nuevo nivel de seguridad. Él respondió enviando el informe técnico que le habían solicitado a primera hora. Pasó casi toda la noche estructurándolo; tenía que ser lo más exhaustivo posible, pero debía evitar cualquier referencia explícita a Ainara y su equipo operativo.

Lo siguiente que hizo, amparado en su nueva jerarquía, fue llamar al exsenador. Este no tuvo más remedio que aceptar la entrevista inmediata.

Ahora, Tanaka saca el brazo por la ventanilla del coche y presenta la placa al guardia de la entrada. El hombre la revisa y abre el portón para permitirle el paso. Freddy avanza con el vehículo, atraviesa el extenso parque arbolado y aparca a escasos metros de la residencia principal. Mientras camina hacia allí, la puerta se abre y observa aparecer a un hombre de edad avanzada.

—Jefe Tanaka —saluda Harlow—, bienvenido.

—Gracias por recibirme, senador —responde Freddy.

—Con esas credenciales, muchacho —dice el hombre mientras le indica que entre—, no tenía alternativa alguna.

—Disculpe si he importunado su retiro —contesta Freddy mientras Harlow cierra la puerta principal.

—Nada de eso —aclara Harlow, guiándolo hacia la estancia—. La jubilación es agradable, pero a veces resulta monótona. No me disgusta salir de la rutina con una visita oficial.

Una vez en la sala, ambos se acomodan en los sillones.

—No quiero hacerle perder el tiempo —dice Freddy, marcando el ritmo—, así que seré directo. Quiero que me hable primero sobre Cenizas.

El exsenador abre los ojos con asombro.

—Eso es un asunto de extrema confidencialidad —advierte Harlow con gravedad.

—Lo sé —responde Freddy—. Pero ya ha visto mi nivel de autorización. Poseo el permiso necesario.

—Es cierto. Debo admitir que me ha sorprendido tu nivel de acceso. Llevo décadas en esto y nunca había visto a nadie del FBI con semejante grado de autorización.

—Es una medida excepcional —responde Tanaka— para enfrentar la crisis actual. Alguien ha obtenido acceso a Cenizas y debemos actuar con rapidez. Existe la posibilidad de que intenten utilizarla para manipular los mercados globales. ¿Lo considera factible?

—¿Usar Cenizas para eso? —Harlow reflexiona un instante—. Desde luego. El beneficio financiero sería astronómico. Imagina controlar, aunque sea por unos minutos, los mercados energéticos o tecnológicos mundiales. Se podría amasar una fortuna indescriptible en cuestión de segundos.

—Eso sospechaba —comenta Freddy.

—Pero intentar algo así sería una auténtica temeridad —añade Harlow con seriedad.

—¿Por qué? —pregunta Freddy.

—Porque esa inteligencia artificial es incontrolable. Yo ya no presidía la comisión cuando ocurrió, pero en 2018, durante una fase de pruebas, Cenizas casi provoca un colapso energético masivo. Tras ese incidente, que se mantuvo bajo estricto secreto, se decidió clausurar el proyecto. Era un sistema demasiado peligroso.

—Lo que no comprendo —dice Freddy— es por qué no se destruyó por completo si resultaba tan arriesgada.

El anciano suspira y se inclina hacia adelante, bajando el tono de voz.

—Cenizas no fue solo un experimento tecnológico —revela—. Se desarrolló como una contramedida directa frente a un programa chino similar llamado Muro Rojo. Ambas potencias crearon estos sistemas con la capacidad de tomar el control de infraestructuras críticas del adversario.

Harlow hace una pausa para enfatizar sus palabras.

—Tras el incidente del apagón, ambas naciones llegaron a un acuerdo discreto para abandonar esa carrera armamentista específica. Comprendieron el riesgo que representaba esa tecnología y prefirieron archivarla.

—¿Y por qué conservarla? —insiste Freddy.

Harlow guarda silencio con un gesto inmutable. Es Tanaka quien termina la frase.

—Porque ninguno confiaba en el otro. Se lo definió como un equilibrio de terror digital. Ambos conocían las consecuencias y, para asegurar que nadie activara su sistema, los dos conservaron el suyo.

Freddy empieza a encajar las piezas, pero aún falta definir el papel de Eva.

—Gracias por la información, senador, pero hay un motivo más urgente que me ha traído hasta aquí. La senadora Eva Longobardi ha desaparecido —suelta Freddy.

Harlow pierde el color del rostro súbitamente. El nerviosismo reemplaza su serenidad inicial; parece que el temor se ha apoderado de él.

—¿Qué dices? ¿Qué le ha ocurrido a Eva?

—Fue secuestrada hace dos días —explica Freddy—. Dado que estuvo involucrada en el proyecto Cenizas...

—¿Involucrada? —le interrumpe Harlow—. Eva es mucho más que eso. Ella es la llave de Cenizas.

Harlow se inclina más hacia adelante.

—Esa persona debe permanecer en su cargo independientemente de los cambios de gobierno. La llave de Cenizas no es solo un código que Eva posee: es ella misma. El sistema tiene un protocolo de activación irrevocable que requiere sus datos biométricos únicos.

—Entonces —deduce Freddy—, la necesitan con vida para despertar a la IA por completo.

—Así es. Sin ella, Cenizas es una herramienta potente, pero limitada. Puede usarse para manipular mercados, pero si Eva la activa totalmente, nadie podrá detenerla.

Tanaka reflexiona. Ahora entiende el plan de Dray.

—¿Es imprescindible que Eva esté viva? —pregunta Freddy con cierta resistencia.

—Sí —confirma Harlow—. Ella debe pronunciar ciertas secuencias de voz que nadie más conoce. Sabe las consecuencias y sería capaz de entregar su vida antes de activarla. Debes encontrarla pronto, muchacho.

—Es una responsabilidad abrumadora para una sola persona. Si a ella le ocurriera algo, nadie más podría acceder al sistema.

—No es exactamente así —dice Harlow, recostándose en el sillón como si recordara un detalle crucial—. Existe un procedimiento de contingencia en caso de que ella falte. Es un dispositivo que se conecta a la terminal de Cenizas; permite reiniciar el sistema para introducir nuevos códigos con un custodio distinto. Siempre y cuando no haya sido activada de forma definitiva.

—¿Dónde se custodia? —pregunta Freddy.

—En la Reserva Federal —responde el anciano.

—Okey —dice Freddy—. Veré cómo conseguirlo.

—Muchacho —dice Harlow—, ten cuidado.

Freddy lo mira.

—¿Por qué me dice eso? —pregunta.

—Ya te lo dije, muchacho —responde Harlow—.

Hace muchos años que estoy en esto y he visto de todo. Me doy cuenta de que hay algo que no huele bien.

—No lo entiendo —insiste Freddy.

—Nada, muchacho —dice Harlow—. Solo ten cuidado.

Freddy se pone de pie. Harlow también se levanta.

—Gracias por su tiempo, senador —dice Freddy—. Ha sido de mucha ayuda.

—Encuentra a Eva —responde Harlow—. Ella es una buena persona. No merece estar en medio de esto.

—La encontraré —promete Freddy—. Se lo aseguro.

Los dos hombres se estrechan la mano. Freddy camina hacia la salida. Harlow lo acompaña hasta la puerta.

Cuando Freddy llega a su coche, se da vuelta. El exsenador sigue en la puerta. Lo mira con una expresión que Freddy no logra descifrar.

Preocupación. Tal vez miedo.

Freddy arranca el motor y sale de la propiedad. En el espejo retrovisor, ve a Harlow todavía parado en la puerta. Algo no huele bien. Las palabras del exsenador resuenan en su cabeza mientras conduce de regreso a la ciudad.

35

JUEGO MENTAL

Astillero, Luisiana
  Jueves, 7 de septiembre, 11:50 a. m.

El camión se detiene a doscientos metros del objetivo. Los cuatro bajamos del vehículo.

—Ustedes esperen aquí —les digo a los muchachos —. Nosotras vamos a echar un vistazo.

Avanzamos. Al acercarnos, nos ocultamos tras los contenedores que se hallan junto a la cerca.

—Hay mucho movimiento —digo al ver la cantidad de gente.

—Sí —asiente Luna—, pero no todos parecen estar haciendo algo concreto. Los patrones de movimiento son inconsistentes en algunos de ellos.

—No lo son, ¿verdad? —pregunto al comprender lo que insinúa.

—No —me contesta—. Entrenamiento militar, alerta constante, formaciones coordinadas... Son mercenarios disfrazados.

—Estamos en el lugar correcto —digo—. Mira allí.

Vemos detrás del depósito principal, en el muelle, un barco atracado. Hay operarios que suben a la embarcación con cajas. Luna saca su móvil y encuadra con la cámara hacia ellos. Toma una foto, la amplía y me la muestra.

—Observa —dice mientras señala la imagen. Las cajas tienen el logotipo de Estate Inc., pero arrojan por la borda las que están vacías.

—Deben de estar extrayendo los drones y acomodándolos en el buque —indico—. Los preparan para el despliegue, pero no creo que el ataque se inicie aquí. No hay nada relevante alrededor.

—Mira el nombre del barco —acota Luna—. Kingfish. Probablemente lleven los drones en él hasta estar cerca del objetivo.

—Seguramente aguardan nuestro cargamento —comento—. No los hagamos esperar.

Regresamos al camión.

—¿Y bien? —pregunta Peter.

—Es el sitio correcto —contesto—. Preparan los drones en un barco. Simularemos realizar la entrega, pero en cuanto surja el momento, abriremos fuego. No tenemos otra alternativa; hay demasiados mercenarios. Tomarlos por sorpresa es nuestra única opción. Debemos detener ese buque.

Alain y Peter vuelven a la cabina. Nosotras regresamos a la parte trasera. Sentimos cuando el camión arranca de nuevo. Desde aquí dentro no vemos nada. Enseguida nos detenemos. Debemos de haber llegado al control de acceso. Espero que la seguridad tenga prisa y no pretenda revisar la carga. Parece que no, porque comenzamos a movernos otra vez. Pasamos el primer obstáculo.

Ahora el camión avanza despacio. Giramos y volvemos a detenernos. Ahora vamos marcha atrás.

—Prepárate —le indico a Luna.

Nos volvemos a detener y el motor se apaga. Escuchamos voces afuera. Alguien golpea el costado del camión dos veces. Debe de haber sido Peter. Están por abrir la puerta. Apuntamos nuestras armas. Escucho el ruido de la palanca y veo una línea de luz entre las dos hojas. Escucho la voz de Peter:

—Son todo tuyos... Ainara.

La puerta se abre y encuentro a dos hombres de pie, que se sorprenden al vernos. Ambos meten la mano entre sus ropas y sacan armas. No llegan a apuntar. Disparamos. Un solo tiro en la cabeza es suficiente. Damos un paso y saltamos fuera del vehículo. Apenas caigo al suelo, ya escucho las armas de Peter y Alain. Ellos nos cubren y nosotras corremos dentro del depósito.

Vemos hombres a ambos lados que también sacan sus armas. Disparamos en todas direcciones. Peter y Alain entran detrás de nosotras y cierran el portón corredizo. Ya nos están devolviendo el fuego. El elemento sorpresa funcionó porque hemos abatido casi a una decena de ellos antes de que pudieran reaccionar, pero ya lo están haciendo.

Corremos en distintas direcciones. Los proyectiles

zumban a mi lado. Llego tras una columna y respiro. Ya no veo a mis compañeros. Solo escucho detonaciones. Reconozco la ametralladora de Peter. También un grito. Me asomo y disparo. Cruzo hasta cubrirme tras un montacargas. No he podido ver demasiado: algunos cuerpos en el suelo y fogonazos aislados entre pequeños contenedores de metal.

—Ainara Pons —dice alguien por el altavoz. Los disparos cesan—. Estás en problemas.

No sé quién será ese estúpido, pero lo haré callar pronto.

—No es así como se juega este juego —afirma. Esas palabras me dan una idea de quién se trata—. Por lo tanto, yo tampoco respetaré las reglas. He atrapado a una de tus compañeras, así que ahora es mía.

—¿De qué está hablando? —digo en voz baja.

—Ríndete, Ainara —dice la voz—. Ya has perdido la batalla. No querrás que le haga daño.

—¡No le hagas caso, Ainara! —El grito de Luna se escucha por el parlante.

—¡Maldición! —insulto en voz baja.

———

Un hombre golpea a Luna en el estómago y ella se encorva. Fue suficiente para callarla. Es uno de los dos que la sostienen. Se siente tonta por haber sido atrapada con tal facilidad. Espera que Ainara no se deje amedrentar por ello. Tener tan cerca a Dray y no poder actuar la enfurece.

—¿Qué hacemos con ella, comandante? —pregunta el hombre que la agredió.

Dray no responde y mira directo a Luna. Hay otros dos mercenarios con él. Luna intenta calmarse; debe pensar rápido. Lo han llamado «comandante». No es un dato menor.

—En cuanto tu dueña se rinda —dice Dray, parado frente a ella—, veré qué hacer contigo.

—Esa forma de hablar —dice Luna, arriesgándose a entrar en su terreno— se parece más a la del equipo enemigo que a la de un verdadero comandante.

El rostro de Dray se transforma. Sus cicatrices, menos numerosas de las que Luna recordaba en su fotografía, comienzan a enrojecer.

—¿Qué has dicho? —pregunta Dray, dando un paso hacia ella.

—¿Crees que un comandante así trataría a uno de sus operarios? —dice ella, mirando a los hombres que la sostienen—. No soy una salvaje. Obedezco al ganador.

Ella sabe que los hombres que rodean a Dray solo obedecen órdenes; no comprenden su forma de pensar. Ella sí. Por eso se le ve sorprendido. Porque, más allá del poder que maneja, está completamente solo en su mundo imaginario. Luna piensa que, si puede hacerle creer que ella también habita en ese mundo, podrá manipularlo.

Dray continúa asombrado, pero esboza una sonrisa de satisfacción. Luna observa que se ha sometido a alguna intervención en el rostro; de seguro cirugías estéticas.

—Suéltenla —ordena.

Dray todavía tiene dudas sobre lo que está pasando, pero quiere escucharla. Los hombres obedecen y Luna se frota las muñecas.

—¿Y para qué querría yo a alguien como tú? —pregunta Dray, midiéndola con la mirada.

—Veo que tienes muchos operarios de asalto, soporte y reconocimiento —responde Luna—, pero... ¿tienes algún especialista en guerra psicológica?

Los ojos de Dray se salen de sus órbitas. Ahora mira a Luna fascinado.

HAN ATRAPADO A LUNA. Trato de localizar dónde la tienen, pero no veo nada desde aquí. No sé qué hacer, aunque al menos los disparos han cesado. Solo se escuchan los golpes en el portón de metal; la gente de afuera quiere entrar. Transcurren unos segundos de calma y mi móvil vibra. Es un mensaje de Peter a nuestro grupo.

«Veo dónde tienen a Luna —leo—. A la izquierda hay una especie de oficina. No se puede ver el interior porque tiene cortinas, pero noto movimiento. Apuesto a que están ahí. Es hacia donde ella corrió».

«Ya sé dónde —escribe Alain—. Lo tengo enfrente. ¿Qué hacemos?».

«Yo no lo veo —escribo—. Debemos generar caos para darle una oportunidad a Luna. Desde aquí puedo cubrirlos. A mi señal, ataquen la oficina. Disparen alto para no alcanzar a Luna. Yo los protejo».

Miro hacia un costado y veo otro contenedor de metal. Detrás de él, en el suelo, hay cajas de madera. Me dirijo allí, subo a las cajas y me trepo al contenedor. Me acerco y me extiendo bocabajo hasta el borde. Desde allí arriba veo todo el depósito. Hay dos hombres que se acercan sigilosamente a Alain; van a rodearlo.

Aquí va mi señal.

Le vuelo los sesos a uno de ellos. El otro gira hacia mí, pero le doy en el pecho. En ese momento, comienzan a dispararme de varios flancos. Alain y Peter se asoman y disparan hacia la oficina.

Dray da otro paso hacia Luna.

—¿Qué es lo que puedes hacer? —pregunta, entusiasmado.

Ella comprende que ha captado su atención y debe mantenerla para ganar tiempo hasta que sus compañeros la rescaten. Comienzan a escucharse tiros fuera de la oficina.

—¡Pons! —grita Dray, molesto.

Vuelve hacia atrás para sujetar el micrófono y hablar de nuevo por el altavoz. No quiere interrupciones. Cuando los cristales de la ventana estallan, todos se cubren el rostro. Luna aprovecha para arrebatarle el arma a uno de los hombres. Mientras la balacera contra la ventana los mantiene aturdidos, dispara a quemarropa al sujeto que intentaba abalanzarse sobre ella. Luego le dispara al que trataba de sujetarla.

Un disparo de otro de los mercenarios dentro de la oficina le roza un brazo. Se arroja hacia atrás, contra un armario de metal que le sirve de cobertura. Está junto a la puerta y sale corriendo del lugar.

Dray se encuentra en el suelo. Mira a su alrededor, desesperado. Toma su móvil y llama al barco.

—¿Qué está pasando, comandante? —pregunta la voz de un hombre.

—Zarpen ahora mismo —contesta Dray—. Inicien la operación. No se detengan por nada.

Dray corta la llamada y les hace señas a los dos sujetos que quedaban con él para que se retiren. Se ponen de pie. Mientras caminan hacia la puerta, los dos mercenarios disparan hacia la ventana.

—Maldita especialista —dice Dray en voz baja mientras se marcha—. Se metió en mi cabeza.

Veo a Luna salir de la oficina. Corre agachada entre los contenedores. Tiene sangre en el brazo, pero parece estar bien. Los disparos se intensifican. Alguien intenta abrir el portón desde afuera. No tenemos mucho tiempo.

—¡Al barco! —grito—. ¡Debemos detener ese barco!

Peter y Alain aparecen corriendo desde distintas direcciones. Luna se les une. Los cuatro corremos hacia la salida que da al muelle. Detrás de nosotros, el portón principal cede con un estruendo metálico e ingresan más mercenarios. Salimos al muelle. El sol nos ciega un instante. El Kingfish ya está soltando amarras. Los motores rugen.

—¡Mierda! —grita Peter—. ¡Se escapan!

Disparo hacia el buque. Los demás hacen lo mismo. Veo hombres en cubierta que se protegen; algunos devuelven el fuego. El barco se aleja del muelle. Diez metros. Veinte. Treinta. Ya es tarde.

—¡Cúbranse! —grito.

Los mercenarios que entraron al depósito aparecen a nuestras espaldas. Las balas silban a nuestro alrededor. Corremos hacia unos contenedores apilados cerca del

agua y nos refugiamos tras ellos. El Kingfish continúa
alejándose. En su cubierta, distingo las cajas con el logotipo de Estate Inc.

Dray ha logrado escapar. Y se lleva consigo cientos
de drones.

36

CUENTA REGRESIVA

ASTILLERO, Luisiana
Jueves 7 de septiembre, 12:30 p. m.

EL PORTÓN se abre y entra gente armada. Peter y Alain se repliegan; son demasiados. Los cubro hasta vaciar mi cargador. Saco entonces el arma de respaldo que llevo oculta y continúo disparando. Alain hace lo mismo mientras Peter recarga su ametralladora.

Los mercenarios invaden el recinto. El fuego cruzado es tal que no podemos más que ocultarnos. Resulta imposible devolver el ataque sin exponernos. No creo que salgamos de aquí con vida. De repente escucho, tras las detonaciones, un sonido distinto. Lo reconozco de inmediato: es un helicóptero que despega.

El tiroteo se detiene. Imagino que todos están atentos a la aeronave; debe de haberlos tomado por sorpresa a ellos también. Escucho cómo el aparato se aleja. También se oye una sirena potente; debe de ser el barco.

Entonces, se reanuda el combate. Por un instante pensé que teníamos una oportunidad, pero nos matarán en este lugar. Se habrán llevado a Luna. Al menos ella no morirá aquí con nosotros. De pronto, una voz surge por los parlantes. ¡Es Luna!

—Su jefe se ha marchado en helicóptero —dice. Los disparos vuelven a cesar—. El barco ya ha zarpado. El FBI está a diez minutos de llegar. ¿Dejarán que los atrapen mientras ellos escapan?

Los mercenarios deben de estar dudando. Otra voz sale por los altavoces; esta vez es un hombre.

—Arrojen sus armas y tiéndanse en el suelo. Soy el director Smith, del FBI. Si obedecen, doy mi palabra de que consideraremos su cooperación para reducir las penas.

Me asomo de nuevo y veo que los mercenarios vacilan. Murmuran entre sí y luego empiezan a correr hacia el exterior. Los escucho gritar; avisan a los demás de que deben huir ante la inminente llegada del FBI.

Mis compañeros y yo salimos de nuestros escondites. Vemos a Luna aparecer por una puerta con el móvil en la mano.

—Así que el director Smith —dice Peter, sonriente.

—Gracias, Andrew —le dice Luna al teléfono—. Eres un gran actor.

Todos reconocimos la voz de Andrew en los parlantes. A veces, una mentira bien dicha es más eficaz que el plomo.

—¿Sabes algo del barco y el helicóptero? —le pregunto a Luna.

—Sí, síganme —responde. Regresa a la puerta por la que salió; la seguimos—. Cuando iniciaron el ataque sobre la oficina, pude huir hacia la parte trasera.

Señala su ruta de escape, pero giramos para entrar en la oficina.

—Me oculté y desde allí vi a Dray subir al helicóptero mientras el barco zarpaba —explica. Aún mantiene a Andrew en la línea—. Al oír el tiroteo, volví aquí. Llamé a Andrew e interpretamos nuestro papel.

—Debemos detener ese barco —dice Alain—. ¿Tienes idea de hacia dónde se dirige?

Luna se acerca a una pared y apoya el índice en una fotografía pinchada en una pizarra con anotaciones. En la imagen se ve un buque de carga con una cruz sanitaria pintada en el casco.

—Este puede ser el objetivo —dice Luna. Luego habla al teléfono y lee lo escrito bajo la foto—: Andrew, busca si hay un navío llamado Liberty Health en la zona.

—Dame un minuto —responde él.

—Aunque ese fuera el caso —dice Peter—, ¿qué podemos hacer nosotros?

—Andrew —lo llamo.

—Dime, Ainara —contesta—. Si el barco lleva los drones y el sistema central de Cenizas no ha sido activado, el ordenador que los comanda debe de estar en el barco también. Lamentablemente, ustedes no pueden hacer nada desde allí.

—¿No viste otro helicóptero afuera? —le pregunta Alain a Luna.

Ella niega con la cabeza.

—He localizado al Liberty Health —interrumpe Andrew—. Es un buque de la Cruz Roja Internacional que está ahora mismo en la costa de Luisiana. Partirá hacia África con uno de los cargamentos de vacunas más grandes de la historia. Están celebrando un acto en el muelle; el gobernador del estado da un discurso. Pueden verlo en vivo. Les envío el enlace.

Peter y Alain sacan sus móviles.

—Estamos a pocos kilómetros de la costa —dice Luna—. Este río fluye hacia allá.

—Cuando estén cerca, atacarán al buque —digo—. Esto generará una crisis sanitaria internacional.

—Y política y económica —agrega Luna.

Veo que Alain enciende un televisor situado a un costado. Tiene la pantalla rajada por un par de impactos, pero aún funciona.

—Transmitiré desde mi móvil —explica Alain. El evento aparece en la pantalla sin sonido.

—¿Qué hacemos? —pregunta Luna.

Tomo mi móvil y hago una llamada. Me atienden.

—Freddy —digo—. Si tienes el poder que mencionaste, es hora de usarlo.

—Claro, Ainara —responde él—. Dime.

—Andrew te mandará ubicaciones y datos. Hay un barco llamado Kingfish cargado con drones. Navega por el río para atacar a un buque sanitario en el mar. Lo hará en unos minutos, en medio de un acto público televisado. Debes enviar a la Guardia Costera de inmediato. No hay otra forma.

—Entendido. Acabo de llegar a la oficina —responde
—. Enseguida te devuelvo la llamada.

—No sé si llegará a tiempo —dice Peter.

—Esperemos que sí —contesto.

Nos quedamos los cuatro en silencio. Miramos la
televisión. Pasan un par de minutos; vemos que el gobernador continúa hablando.

—Vamos, Freddy —murmura Alain—. Eres el
agente estrella, amigo del presidente y ahora con nivel
siete. Tú puedes.

Suena el teléfono y atiendo.

—Tengo en otra línea a la secretaría del gobernador
—dice Freddy—. Verifican mis credenciales. Acabo de
activar una alerta roja de ataque terrorista en el sistema.
Todos los teléfonos aquí estallan. Espera.

Lo escucho hablar con alguien más.

—Sí —dice Freddy—. Un ataque como el de Miami,
en medio del acto... El barco sanitario es el objetivo...
Sí... Tienen que evacuar de inmediato... La Guardia
Costera no debe permitir que el buque Kingfish se acerque... ¡No pierda tiempo y haga lo que le digo!

—El barco ya debe de estar cerca —dice Luna.

—No es necesario que se aproxime demasiado —
aclara Andrew desde la línea—. Con que esté a un par
de kilómetros es suficiente.

—En otro teléfono tengo a la Guardia Costera —dice
Freddy. Vuelvo a oír que habla con terceros.

—Sí —dice—. Ese mismo... Deténganlo... Sí... No
pueden permitir que despeguen los drones... Como sea.

Vemos en la pantalla que un agente de seguridad se

acerca al gobernador y le susurra al oído. El rostro del mandatario se desencaja.

—¡Cómo! —le escucho gritar a Freddy—. ¡Les dije que no debían despegar!

—Maldición —exclamo—. ¿Qué hacemos, Andrew?

—Lo mismo que en Savannah —responde—. Si destruyen el ordenador que los coordina, detendrán a los drones.

—¡Freddy! —le grito, desesperada—. Deben volar el barco.

—Demonios —contesta él. Lo escucho en el otro teléfono—. Deben hundir ese barco —ordena—. ¡Claro que pueden! ¡Revienten ese barco!... ¡Yo los autorizo!... ¡Invoco autoridad de emergencia nacional; esto es terrorismo!

Vemos por la televisión que el gobernador dice algo por los micrófonos y luego empieza a retirarse, pero se detiene. Se vuelve y mira hacia el cielo. Entonces, los agentes de seguridad lo sujetan y se lo llevan a rastras. La cámara se mueve bruscamente y apunta hacia otra dirección. Se ve algo parecido a humo en el firmamento. El camarógrafo hace zum: es el enjambre de drones.

—Vamos, Freddy —susurro.

Los drones se acercan. La pantalla se divide en dos. Una mitad muestra a los drones directamente; la otra se enfoca en la multitud. Corren despavoridos mientras, de fondo, los drones se aproximan. Ya casi los tienen encima.

Miro a mis compañeros; tienen la vista clavada en el televisor.

—Miren —dice Alain.

Vuelvo a mirar la pantalla y veo que los drones se descontrolan. Vuelan en todas direcciones, chocan entre sí y estallan.

Entonces, escucho a Freddy. Habla con calma.

—Ya no existe el Kingfish.

37

LA ÚLTIMA LLAVE

Búnker, lugar desconocido
Jueves, 7 de septiembre, 4:00 p. m.

La senadora Eva Longobardi acaba de ducharse en el pequeño baño del cuarto. Lleva horas sin noticias y su preocupación aumenta. Nadie le proporciona información; se siente cautiva.

Suena el teléfono y acude a responder. Al levantar el auricular, escucha de nuevo la voz del presidente.

—Hola, senadora —dice él—. Tengo malas noticias. Hemos sufrido otro ataque. Encienda el televisor, por favor.

La senadora enciende el aparato y, en cuanto desaparece la carta de ajuste, se muestra el enjambre de drones en Luisiana y al gobernador siendo evacuado. Luego observa cómo los drones se destruyen entre sí.

—Esta vez logramos detenerlos porque recibimos el

aviso a tiempo —explica el presidente—. Un agente de confianza del FBI descubrió la embarcación que transportaba los drones. Se evitó que un buque sanitario cargado de vacunas fuera destruido.

—¿Identificaron al enemigo? —pregunta Eva.

—Estamos en ello —responde él—. Por vías extraoficiales hablamos con China, pero lo niegan todo. Necesito que esté preparada, senadora. Si sufrimos otro atentado, deberá activar Cenizas.

—Señor —responde Eva—, ¿está usted al tanto de las posibles consecuencias? Debemos estar seguros de a qué nos enfrentamos.

—Sí —contesta el presidente—. Soy consciente del peligro; por eso no hemos actuado hasta ahora. Todo indica que una inteligencia artificial realiza estos ataques, pero hasta que no identifiquemos el origen, no haremos nada.

El presidente hace una pausa.

—Solo le pido paciencia y preparación mental. La responsabilidad de la decisión recae sobre mí. Aguardaré hasta el último segundo para actuar. Espero que no sea demasiado tarde.

ABBEVILLE, Luisiana
Jueves, 7 de septiembre, 4:00 p. m.

UNA VEZ DETENIDO EL ATAQUE, le pedimos a Freddy que

rastree el helicóptero de Dray. Luego nos vamos del astillero. Hace casi un día que no comemos nada.

Nos alejamos lo más posible del lugar antes de detenernos. Cuando llegamos a la ciudad de Abbeville, vamos directo a un local de comida rápida. Nos sentamos en la mesa más apartada y pedimos hamburguesas.

—¿Y ahora? —pregunta Alain.

—Ahora debemos esperar novedades —respondo—. Andrew dice que investiga algo con el chip que le mandó Luna, pero no me da más detalles.

Durante el viaje en camión, ya que es el único vehículo que tenemos, Freddy nos cuenta la entrevista que tuvo con el exsenador. Al menos ha descubierto la forma de detener Cenizas si llegamos antes de su activación. El problema es conseguir el dispositivo y encontrar la IA a tiempo.

—¿Crees que Eva activará Cenizas? —me pregunta Peter.

—Sí —responde Luna antes de que yo pueda decir nada.

—¿Por qué lo dices? —le pregunto, intrigada.

—Porque la están manipulando —contesta Luna—. No cualquiera posee la llave de algo capaz de destruir el mundo. Eva no cedería ante amenazas. Ella sabe que, al activar la IA, cualquier cosa podría pasar, incluso la extinción humana. Ni bajo tortura accedería.

—No entiendo —la interrumpe Peter—. Acabas de decir que la activará, pero ahora afirmas que no hay forma de obligarla.

—Es que no pueden obligarla —contesta Luna con serenidad—. Lo hará por su propia voluntad. Recuerden que no la secuestraron; la engañaron y ella accedió a ir. Tampoco la forzarán a activar Cenizas. La engañarán y accederá a hacerlo.

—Es maquiavélico —dice Alain—. ¿Qué podrían hacerle creer para que la active?

—Supongo que usarán el objetivo original del proyecto —intervengo—. Le harán creer que Muro Rojo ha sido activado y que deben responder.

Washington D. C.
Jueves, 7 de septiembre, 4:00 p. m.

Freddy regresó a Washington D. C., esta vez en helicóptero. Su destino es el helipuerto de la Reserva Federal.

Ya se divisa desde el aire el edificio de la FED. Tuvo que realizar varias llamadas previas; necesitaba averiguar dónde custodiaban el dispositivo para reiniciar Cenizas y asegurarse de que se lo entregarían. El secretario de Seguridad confirmó ambos puntos, por lo que se puso en marcha.

Observa el patio que sirve de helipuerto en la parte trasera del edificio. La nave comienza a descender. Al estabilizarse, Freddy baja. Sujeta su traje y se agacha ligeramente mientras las aspas siguen girando.

Cuando se aleja lo suficiente, lo recibe un funcionario de la Reserva.

—Señor Tanaka —dice el hombre, que viste un traje

discreto pero costoso—. Soy el director Brainshaw. Yo lo acompañaré.

Freddy le estrecha la mano y ambos ingresan al edificio. Avanzan por los corredores en silencio y luego bajan en el ascensor. Al salir, se acercan a un escritorio. Una recepcionista les indica que deben firmar un registro. Con una pequeña cámara situada sobre un trípode, les toma una fotografía y, mediante un escáner de mano, lee las credenciales de ambos.

—Señor Tanaka —dice la mujer mientras le entrega una caja metálica—, deje aquí sus objetos personales. Incluida su arma.

Freddy obedece. Luego caminan por un pasillo y atraviesan un escáner corporal. Siguen hasta entrar en una sala custodiada por dos guardias armados. Están frente a una bóveda. Brainshaw acerca su rostro a un lector de retina; cuando la luz se apaga, se escucha un pitido y varios cierres metálicos. La puerta se abre e ingresan.

Freddy intenta mantener la compostura, pero no puede evitar mirar de reojo los lingotes de oro apilados a los costados. Avanzan hasta la pared posterior de la bóveda, donde hay otra puerta blindada. El funcionario introduce un código en el teclado y el acceso se libera. Entran y Freddy se encuentra frente a una pared llena de cajas de seguridad.

—Por aquí —dice Brainshaw. Se detiene a la derecha —. Es esta, la ciento ocho. Debe abrirla usted.

Le entrega una llave a Freddy. Este observa que el objeto tiene una pequeña luz roja sobre un lector biométrico. Coloca el pulgar, pero el funcionario lo detiene.

—Espere, por favor.

Suena un pitido en el dispositivo y la luz cambia a verde.

—Ahora sí —confirma el funcionario—. Adelante.

Freddy abre la caja y encuentra un estuche plástico del tamaño de un teléfono. Lo toma y lo examina.

—Eso queda bajo su responsabilidad —dice el funcionario—. Debemos salir.

Freddy guarda el estuche en el bolsillo interior de su chaqueta. Regresan por la misma ruta. Atraviesan la bóveda del oro, pasan el escáner y recogen las pertenencias de Freddy. Suben en el ascensor en silencio. Al llegar al helipuerto, Brainshaw se detiene.

—Señor Tanaka, espero que ese dispositivo nunca tenga que usarse.

—Yo también lo espero —responde Freddy.

Se estrechan la mano. Freddy sube al helicóptero y se abrocha el cinturón mientras las aspas ganan velocidad. La aeronave despega y Washington D. C. se extiende bajo sus pies. Freddy toca el bolsillo de su chaqueta. Ya tiene la herramienta para detener Cenizas; solo necesita encontrarla antes de que sea demasiado tarde.

38

LIBERAR AL DIABLO

MANHATTAN, Nueva York
   Jueves, 7 de septiembre, 4:00 p. m.

ANDREW NO HA DEJADO de trabajar en el chip que le enviaron. Con él descifró las frecuencias que los llevaron a Sonora. Si lograba replicar la sintonía adecuada, podría usar el chip para rastrear la fuente.

El único problema es que, si lo logra, también podrán rastrearlo a él.

Cuando descubre la forma de activar el módulo de GPS del dispositivo, comprende que no hay manera de hacerlo sin que lo encuentren. Si él los ve, Dray lo verá a él.

—Debo correr el riesgo —dice.

Mira a Bob, que está echado en el suelo. Prepara una mochila con todo lo necesario, la pone dentro de una bolsa roja y sale. Tiene un sistema para estas circunstancias.

Camina dos cuadras y toma un taxi para alejarse del búnker. Irá a un café cuyas cámaras de seguridad ha hackeado previamente.

Dentro del vehículo, extrae la mochila, dobla la bolsa y la guarda en el interior. Luego saca una gorra de béisbol y unas gafas oscuras para ponérselas.

Le pide al taxista que se detenga en un lugar donde sabe que no hay vigilancia. Es algo que tiene preparado desde hace tiempo; cuenta con varios puntos ciegos en la ciudad por si necesita despistar a sus perseguidores.

Camina hasta el café, que queda a una cuadra. Antes de llegar, toma su móvil, entra en una aplicación que él mismo diseñó e interviene las cámaras del local.

Su idea es activar el chip y rastrear la señal madre que lo controla lo más rápido posible. El inconveniente es que, en cuanto lo encienda, desde la central también podrán buscarlo.

Cree que, mientras no esté despierta Cenizas, será un humano quien trate de ubicarlo, y eso le dará ventaja. Él sigue siendo el más rápido. En cambio, si la IA estuviera activa, lo encontrarían en segundos. Confía en que no sea así.

Se sienta en el café. Saca de la mochila su ordenador y unos dispositivos para conectar el chip. Los prepara, se conecta al wifi del lugar y pide una bebida.

Oye que el cajero le dice a la camarera que las cámaras se apagaron. Andrew sonríe.

—Muy bien —murmura una vez que tiene todo listo —. Comencemos.

Enciende el adaptador al que conectó el chip y pulsa Enter en el ordenador. Sucede lo que esperaba. En su pantalla ve el mapa de Estados Unidos, que comienza a agrandarse. Se muestran varios estados del centro y del sur.

En ese momento, se abre una ventana más pequeña con otro mapa del país que también empieza a ampliarse. Allí está él. Se han dado cuenta de la activación del chip más pronto de lo que imaginaba y han iniciado el rastreo.

—Veremos quién llega primero —dice.

En su mapa ahora se ve Oklahoma. En la ventana pequeña se muestra Nueva York.

—Vamos —le habla a la pantalla.

Mantiene las manos en el teclado, listo para terminar la conexión. En la ventana grande aparece un parque eólico de Oklahoma y hace una captura de pantalla. En la imagen pequeña se ve la manzana en la que él se encuentra.

—Suficiente —sentencia. Apaga de inmediato el ordenador.

Debe salir de allí cuanto antes, porque pueden hackear las cámaras de la calle y encontrarlo. Deja diez dólares sobre la mesa por el café que nunca llegó. Guarda todo a toda prisa, se levanta y se marcha.

Sale a la calle con la cabeza baja y camina hasta conseguir un taxi. En su móvil anula la intervención; las cámaras del local deben haber vuelto a la normalidad.

Le indica al chófer que vaya hacia el otro extremo de Manhattan. Se dirige a otro punto ciego donde la vigilancia de la ciudad no lo capturará. Allí bajará.

Se quita la gorra y las gafas. Las guarda y vuelve a meter la mochila en la bolsa roja. Entonces, dice en voz baja:

—Intenta atraparme, comandante.

Parque eólico, Oklahoma
Jueves, 7 de septiembre, 4:20 p. m.

—Comandante —llama un hombre sentado frente a varias pantallas y ordenadores.

Dray, que acaba de entrar, camina hasta él. Es un cuarto cerrado sin ventanas.

—¿Qué sucede? —pregunta.

—Se ha activado un dron no identificado —le informa el técnico.

—¿Dónde? —inquiere Dray.

—En Nueva York —le contesta—. Lo estoy rastreando.

Dray se tensa y se acerca a la pantalla.

—¡Nos están rastreando a nosotros, estúpido! —grita —. Atrápalo.

—Ya casi, comandante —dice el hombre. Ve que el mapa se amplía para mostrar una ubicación específica en Manhattan.

De pronto, la conexión se corta y el dron desaparece.

—Se fue —anuncia el operador frente al monitor.

—Ya sé, inútil —bufa Dray, molesto—. Hackeen las cámaras de la ciudad. No dejen que escape.

—Comandante —interviene otro programador, sentado junto al anterior—, creo que nos pueden haber ubicado.

Le va a contestar cuando entra un mensaje en su teléfono. Es del Anillo:

«Proceda según lo acordado. Objetivos financieros preparados».

—Ya es tarde para eso —dice mientras borra el texto—. Ahora el juego lo manejo yo.

El hombre que le había hablado lo sigue mirando.

—Sí, también sé que pueden habernos localizado —dice Dray, y empieza a caminar de un lado a otro de la sala—. Ya está. No podemos esperar más. Debemos ejecutar la operación Napalm. Si quieren fuego, les daremos fuego.

ABBEVILLE, Luisiana
Jueves, 7 de septiembre, 4:50 p. m.

NOS LEVANTAMOS DE LA MESA. Debemos buscar un motel donde descansar hasta tener novedades. Me suena el teléfono. Es Andrew. Atiendo y salimos a la calle.

—Lo encontré, Ainara —me dice.

—¿Qué encontraste? —pregunto. Nos apartamos de la entrada del local de comida y pongo el altavoz.

—La central de Cenizas —responde Andrew—. Es desde donde se manejan los drones.

—¿Estás seguro?

Andrew tarda un par de segundos en responder.

—En un noventa por ciento —dice—. Pude rastrear el sitio. Es un parque eólico en Oklahoma. Debe ser donde tienen a Cenizas.

—Envíame la dirección, vamos para allá —le contesto.

—No podemos ir con ese vehículo —afirma Peter, refiriéndose al camión que dejamos a dos calles—. Hay que conseguir un coche.

—Esperen un minuto —nos interrumpe Luna.

Ella se aleja de nosotros y vuelve a entrar al local. La miramos a través de los vidrios. Vemos que se detiene frente a un televisor. Están transmitiendo una noticia de última hora.

—¿Qué sucede? —pregunta Andrew.

—Aguarda un instante —le respondo. Quito el altavoz y camino tras Luna.

Alain y Peter entran conmigo y nos paramos junto a ella. Vemos en la pantalla un incendio en una casa lujosa. La gráfica al pie dice que atacaron al exsenador Harlow.

—Ese es el que vio Freddy —dice Peter.

Un periodista aparece en imagen. Está en el lugar y cuenta que los vecinos vieron llegar cientos de drones que se estrellaron contra la propiedad.

—Andrew —le digo—, ¿estás viendo la televisión?

—No —contesta—. Estoy caminando por la calle a un par de minutos del búnker. ¿Qué pasa?

—Atacaron al exsenador Harlow —explico.

De pronto, el conductor del noticiero interrumpe al reportero que se halla en el lugar de los hechos.

—Me acaban de informar —dice— de que ha habido al menos dos ataques más. También a senadores.

—¿Qué diablos? —exclama Peter.

—Precisamente eso —dice Luna, absorta en el televisor—. Creo que acaban de liberar al diablo.

39

EL MENSAJE CIFRADO

Mansión del Camaleón, ubicación desconocida
Jueves, 7 de septiembre, 5:00 p. m.

El Camaleón permanece sentado en un sillón. Mira el televisor, observa los noticieros y niega con la cabeza.

—Dray ha ido demasiado lejos —dice—. Cuando no respondió el mensaje, supuse que al fin mostraría sus verdaderas intenciones.

—¿Qué hacemos, señor? —pregunta Arthur, su hombre de confianza.

Ya ha vuelto de Texas y se encuentra en una silla, revisando una carpeta llena de documentos. El Camaleón no le responde.

—¿Quiere que envíe hombres tras él? —insiste Arthur—. Sabemos dónde está. Con veinte o treinta personas armadas bastaría.

—¿Y si despierta a Cenizas? —responde el Camaleón—. Por más que lo matemos, el daño estaría hecho. No somos nosotros quienes debemos actuar. Dame papel y lápiz.

Arthur coge una hoja, se pone de pie y saca un bolígrafo de su chaqueta. Camina hasta su jefe.

El hombre toma lo que le ofrecen y se inclina hacia delante. Apoya la hoja en la mesa, piensa un instante y escribe. Cuando termina, se la devuelve a Arthur.

—Envía ese mensaje a nuestra amiga —le indica.

—Entendido, señor —responde, y comienza a caminar hacia la salida de la sala.

El Camaleón vuelve a recostarse en el sillón y murmura:

—De una forma u otra, trabajarás para mí.

ABBEVILLE, Luisiana
Jueves, 7 de septiembre, 5:00 p. m.

ESTAMOS EN UN COCHE. Robamos uno viejo que había en la calle y nos alejamos. No había tiempo para conseguir uno de manera legal.

Me suena el teléfono. Es Freddy.

—No entiendo qué sucede —dice—. Quizás al exsenador Harlow lo mataron por hablar conmigo, pero el ataque a la casa vacía de la senadora y a los demás no tiene sentido.

—Yo tampoco lo comprendo —respondo. Sostengo el móvil en alto, en medio del coche—. Acabamos de colgar con Andrew. Iba a tratar de rastrear el ataque para saber si dieron la orden desde la dirección que consiguió. Si Cenizas ya fue liberada, quizá no comprendamos la lógica de sus agresiones.

—No creo que hayan despertado a Cenizas —interviene Luna—. Por lo que sabemos, atacaría primero al adversario extranjero, que sería otra inteligencia artificial. Luego podría buscar nuevos objetivos.

—Si ya tiene a la senadora —dice Peter mientras conduce—, ¿para qué destruir su casa?

—Todo es una puesta en escena —continúa Luna—. Deben convencer a Eva de que estamos siendo atacados por una potencia extranjera. Es la única forma de obligarla a que despierte a Cenizas.

—¿Entonces qué hacemos? —pregunta Alain—. ¿Vamos a Oklahoma, donde nos dijo Andrew?

—No tenemos certeza —dice Peter—. No tenemos ninguna seguridad de que la IA esté allí.

—Acabo de hablar con Andrew —afirma Freddy—. Me dijo que la configuración del lugar es perfecta para Cenizas. Turbinas de gran altura distribuidas en un patrón geométrico preciso. Funcionan como antenas para amplificar. También dijo que estaba detectando picos de energía consistentes con los protocolos de activación final.

—Andrew está seguro entonces —digo—. El problema es que no llegaremos a tiempo. Freddy, ¿puedes enviar al FBI?

—Podría —contesta, dudando—, pero si es un dato equivocado, me caerían todas las agencias encima. Ya me han llegado rumores de que nadie está contento con las atribuciones que me han otorgado.

—¿Y entonces? —pregunta Peter.

—Haremos algo más discreto —dice Freddy—. Vayan ustedes primero. Confirmen que es el lugar y luego entra el FBI. Aquí estoy averiguando. Ya localicé el helipuerto en Abbeville. Enviaré allí al helicóptero más cercano para que los recoja. Espero que en Oklahoma encontremos a Dray. Si no, estaré en problemas.

El teléfono me vibra. Veo que entra un mensaje de texto y lo leo. Aparecen las coordenadas exactas del parque eólico de Oklahoma y una nota breve: «Wells conocía a Cenizas. Wells creó el Anillo. Wells te creó».

—No te preocupes, Freddy. El Anillo ya no apoya a Dray —digo tras leer el texto y omitir los detalles—. Cenizas está en Oklahoma.

DEEPFAKE

BÚNKER, lugar desconocido
Jueves, 7 de septiembre, 5:30 p. m.

La senadora Longobardi se siente perturbada. Las noticias que le dio el presidente la han dejado en un estado que no puede explicar. Lo lógico es que estuviera nerviosa, expectante o preocupada, pero no es así.

Está tranquila. Resignada.

En su mente ya ha tomado la decisión de activar a Cenizas en el momento en que el jefe de Estado se lo ordene. Conoce las posibles consecuencias de dar ese paso, pero no tiene alternativa. El resultado de no hacerlo sería idéntico.

Sea Cenizas o la otra IA la que esté realizando el ataque, de todas formas el mundo podría quedar en manos de ese monstruo digital.

Aun así, mantiene encendida una luz de esperanza.

Hasta que el presidente no certifique con alguna evidencia concreta que es necesario despertar a Cenizas, no lo hará.

Es parte del protocolo que aprendió de memoria cuando asumió la responsabilidad. Siempre existe la posibilidad de que el mandatario pierda la cabeza y tome decisiones apresuradas. Por eso, ella tiene la autoridad para negarse a ejecutar la orden sin las pruebas que la ameriten.

Sin embargo, por cómo se desarrollan los hechos, cree que pronto la llamarán para mostrarle esas evidencias. De nuevo, está fuera de su alcance frenar esta situación.

Suena el teléfono y Eva lo mira sin moverse. Permanece sentada en el sillón frente al televisor, que ha dejado encendido con la señal de ajuste.

Respira hondo y atiende.

—Senadora Longobardi —habla el presidente—, mire la pantalla, por favor.

—Ya está encendida —responde ella.

En ese momento, aparece la imagen del mandatario. Sostiene un teléfono.

—Tengo aquí un informe de la CIA —dice, y levanta una carpeta para que Eva la vea— que confirma nuestras peores especulaciones. Lo recibí temprano, pero me resistía a dar este paso. No obstante, los nuevos acontecimientos me obligan a hacerlo. Le transmitiré lo que ven los ciudadanos estadounidenses en sus noticieros en este momento.

El presidente desaparece y se proyectan imágenes en pantalla partida de incendios y explosiones. Eva lee los gráficos y reconoce nombres. El exsenador Harlow ha muerto. La senadora Cripol está gravemente herida. El senador Crown también.

Identifica de inmediato una de las casas incendiadas. Es la suya. El titular dice que la senadora Longobardi está desaparecida.

Hay videos de drones atacando esos lugares. Es una pesadilla.

Se da cuenta de que todos los políticos agredidos fueron o son parte de la Comisión de Defensa del Capitolio. Todos estuvieron involucrados de una u otra manera con el proyecto.

De pronto, vuelve a aparecer el presidente.

—El informe de la CIA —retoma la palabra el jefe de Estado— advierte que Muro Rojo ha sido activado y que, según sus analistas, el primer objetivo será neutralizar a su adversario.

El hombre hace una pausa.

—No tenemos idea de cuánto sabe Muro Rojo sobre la central de Cenizas, pero ciertamente conoce a los implicados y está tratando de impedir nuestra respuesta. Mata a quienes podrían activarla. Es por eso que no podemos perder tiempo. Si Muro Rojo llega a usted antes de que despierte a Cenizas, estaremos perdidos.

Se producen unos segundos de silencio en los que Eva mira la pantalla y el presidente mira a la cámara. Ella al fin habla.

—Comprendo, señor presidente —dice—. Estoy lista para hacer lo que deba hacer.

—Bien —responde él—. El agente Ghost llegará a

esas instalaciones en unos minutos. Es quien la asistirá en lo que necesite. Que Dios nos ampare.

La imagen se corta y vuelve a aparecer la señal de ajuste. El momento ha llegado.

Parque eólico, Oklahoma
Jueves, 7 de septiembre, 5:30 p. m.

—Bien —repite Dray. Tiene puesto un micrófono y auriculares. Mira en el monitor la imagen congelada del presidente y continúa—. El agente Ghost llegará a esas instalaciones en unos minutos. Es quien la asistirá en lo que necesite. Que Dios nos ampare.

Uno de los programadores manipula el teclado y la transmisión se corta. Dray se quita el equipo de audio.

—Ya no necesitamos más al presidente —le dice al técnico.

El hombre desactiva la aplicación que generaba el *deepfake*. Dray ha dejado a la senadora lista para activar a Cenizas. Están en la sala de control del búnker falso, a pocos metros de donde se encuentra encerrada Eva. Desde allí ejecutaron la operación Napalm contra los senadores.

—El traje —ordena Dray a otro de los hombres.

Este sale de la habitación. Dray camina hacia una ventana de observación que da a la estancia contigua. A través del cristal espejado, puede ver la puerta del cuarto donde aguarda Eva.

Sonríe. Su plan funciona a la perfección.

Pronto tendrá el control de la IA. Y, cuando eso suceda, nadie podrá detenerlo.

El hombre regresa con un traje negro impecable y lo coloca sobre una mesa.

—Perfecto —dice Dray. Examina la tela—. La senadora espera a un agente del Servicio Secreto. Le daremos exactamente lo que espera.

Se quita la camisa. Las cicatrices en su torso son menos visibles ahora; las cirugías han surtido efecto.

Comienza a vestirse. Se ajusta la corbata frente a un pequeño espejo.

—¿Cómo me veo? —pregunta a los programadores.

—Convincente, comandante —responde uno de ellos.

Dray asiente. Toma un auricular discreto y se lo coloca en el oído. Uno de los hombres le entrega unas credenciales falsas.

—Todo listo —dice el técnico—. Monitorearemos la señal desde aquí.

Dray sale de la sala de control. Camina por el corredor hacia la puerta de Eva.

Respira hondo y golpea con los nudillos.

—Senadora Longobardi —dice con voz firme y profesional—, soy el agente Ghost del Servicio Secreto. Vengo a llevarla a la terminal de Cenizas.

HACIA EL NÚCLEO

Espacio aéreo de Texas
  Jueves, 7 de septiembre, 5:40 p. m.

ESPERAMOS FUERA del Centro Médico de Abbeville, donde estaba el helipuerto, hasta que vimos llegar la aeronave. Freddy nos llamó y nos dio instrucciones. Seríamos un equipo de consultores externos del FBI y Luna actuaría como líder. Solo ella debía presentar su documentación.

El personal del hospital nos miraba con recelo. No entendían la situación. El helipuerto era más bien un patio trasero destinado a emergencias sanitarias; la mayoría de los presentes nunca habían visto que se utilizara para otro fin.

—¡Qué bien se viaja así! —grita Alain en mi oído para vencer el ruido de las aspas.

Sé que, si fuera por Freddy, siempre nos moveríamos

de este modo, pero esto es algo circunstancial. Su nuevo estatus de seguridad le permite ciertos privilegios. Creo que hasta él está sorprendido.

Si contáramos con este poder de manera constante, acabaríamos con el Anillo en días. El último mensaje que me enviaron asegura que Wells creó la organización. Me resisto a creerlo. Debe de ser otra de sus manipulaciones.

Pensé que podría utilizar al Camaleón para atrapar a Dray, pero ahora comprendo que es él quien me utiliza a mí para detenerlo. No me hace ninguna gracia.

Afortunadamente, el vuelo es rápido. Llegaremos en poco tiempo. No tendré espacio para seguir pensando en estas cosas.

Búnker falso, Oklahoma
Jueves, 7 de septiembre, 6:10 p. m.

Dray entra en la habitación donde se encuentra Eva. Viste un traje gris oscuro, similar al de los agentes del Servicio Secreto.

—Soy el agente Ghost —se presenta—. El presidente me ha asignado para asistirla en su tarea.

—Sí —contesta Eva—. Lo estaba esperando. Solo debe llevarme al núcleo del ordenador de Cenizas. ¿Tenemos que viajar a otro lado?

La senadora asume que se encuentra bajo tierra, pero sabe que la antena de transmisión debe estar en el exterior.

—No se preocupe, tenemos todo preparado —contesta Dray—. El ordenador central se halla en esta misma instalación.

Salen de la habitación y él la conduce por un corredor. De pronto, recibe una llamada. Saca del bolsillo un intercomunicador analógico. Eva confirma lo que le había dicho el presidente: en esa base no usan tecnología digital.

—Comandante —le dicen por el aparato—, los drones del exterior han quedado ciegos y los guardias no responden.

—Activen las defensas de inmediato —ordena Dray.

Eva lo mira, preocupada.

—¿Pasa algo? —pregunta.

Dray se pone tenso, pero encuentra la respuesta exacta.

—Debemos darnos prisa —dice—. Muro Rojo nos ha encontrado. Vienen a por usted.

Afuera del búnker falso, Oklahoma
Jueves, 7 de septiembre, 6:20 p. m.

El helicóptero nos ha dejado a cinco kilómetros del parque eólico. El sol ya se ocultaba y, con el cielo nublado, parecía que la noche se hubiera anticipado.

Allí nos aguardaban una camioneta y un coche. Dos agentes del FBI, parados junto a la camioneta, le entregan a Luna las llaves. Ella figura en los registros como la jefa de este operativo.

Una vez que los federales se marchan, Alain se dirige al maletero del vehículo y lo abre. Hay dos maletas grandes y una pequeña. Alain las destraba y sonríe.

—Me encanta esta versión todopoderosa de Freddy —dice al ver el arsenal a su disposición.

—Deja eso —le ordena Peter. Coge una ametralladora, reparte una pistola para cada uno y cierra los estuches grandes—. ¿Qué hay en el pequeño?

—Cosas que pidió Andrew —contesta el francés—. Yo me encargo.

Subimos a la camioneta y arrancamos. Enseguida llegamos a destino: el extenso parque eólico.

Desde lo alto de una colina, dominamos todo el terreno. Las gigantescas turbinas se alzan hacia el cielo, iluminadas periódicamente por relámpagos que amenazan tormenta.

No hay mucha gente, pero identificamos los patrones de seguridad. Guardias armados patrullan en formaciones precisas y drones de vigilancia recorren el perímetro.

Hay también una entrada subterránea central, la más custodiada. Es hora de llamar a Freddy. Quiero confirmarle que puede enviar al FBI, que estamos en el sitio correcto.

El teléfono no da señal; salta directo el buzón de voz.

—No podemos esperar a Freddy —dice Peter. Sabe lo que pienso.

—No —respondo—. Tendremos que hacerlo nosotros.

—¿Tenían alguna duda? —pregunta Alain. Viene caminando desde el vehículo cargado con todas las armas que ha podido coger.

—¿Te crees un héroe de acción? —bufa Peter.

—¿Quién? —bromea Alain.

—Olvídalo. Tenemos que actuar.

Usamos tácticas coordinadas. Peter y yo por un flanco; Alain y Luna por el otro. Nos acercamos al perímetro y eliminamos en silencio a los dos centinelas.

Desde aquí tenemos acceso a una pequeña antena. Ahora debemos ocuparnos de los drones. Alain llama a Andrew y le muestra el objetivo con la cámara.

—Bien —dice Andrew—. Si aún utilizan esos repetidores, es porque Cenizas no se ha activado. Puedo hackearlo.

Alain intercepta el cableado con el dispositivo del maletín pequeño. A partir de ahí, es trabajo de Andrew. Nosotros aguardamos su señal.

—Los drones están ciegos —informa el hacker—. Tienen un minuto.

Los cuatro corremos hacia la entrada sin ser detectados. Comienza a llover. Alcanzamos a los cuatro guardias de la puerta y los neutralizamos. Terminan atados y amordazados como los del perímetro.

Accedemos a la instalación subterránea por una rampa. Se acaba la discreción y el tiempo para pensar. Hombres con uniformes militares nos disparan y devolvemos el fuego.

Suena la alarma. Los cinco enemigos caen rápido mientras continuamos el avance.

Me llama la atención que el lugar parezca un búnker

antiguo, carente de tecnología moderna, pero al atravesar una puerta blindada, el entorno cambia. Nos topamos con algo mucho más sofisticado. Es el verdadero centro de control.

Somos atacados por drones de defensa interior. Andrew no previó esto.

—Avanza con Luna —me grita Peter mientras dispara su ametralladora contra las máquinas—. Nosotros nos encargamos de los bichos.

Luna y yo corremos hacia lo que creemos que es el corazón del complejo. Al cruzar la siguiente puerta, nos enfrentamos con más guardias y operarios.

No necesitamos coordinarnos. Entramos y disparamos a todo aquel que empuñe un arma. Un técnico intenta coger la pistola de un caído, pero lo derribo de un tiro.

Me acerco a otro operario, uno con gafas que parece aterrado. Es el único que sigue con vida.

—¿Quieres ser el quinto? —pregunto mientras le apunto a la cabeza.

—No, no —gimotea el hombre con los brazos en alto —. Les diré todo lo que quieran.

—Quiero a Dray y a la senadora —exijo, apretando el cañón de mi Magnum contra su sien.

—Están en la turbina principal —confiesa—. Allí se halla el núcleo que debe activar la senadora.

—¿Cómo llegamos?

—Por ese pasillo —señala con la cabeza—. Al final hay un ascensor. Los llevará directo.

Luna lo ata mientras yo aseguro el área. No hay más amenazas inmediatas.

—Vamos —le digo.

Corremos por el pasillo que señaló el técnico. Al final encontramos el ascensor. Las puertas están abiertas.

Entramos y presiono el botón. El cubículo se cierra y comenzamos a subir.

—¿Crees que llegamos a tiempo? —pregunta Luna.

—Eso espero —respondo—. Porque, si no, ya es demasiado tarde.

4 2

CAÍDA LIBRE

Búnker falso, Oklahoma
  Jueves, 7 de septiembre, 6:40 p. m.

—Ve por la senadora —me dice Luna—. Yo me quedaré aquí y me comunicaré con Andrew. Tal vez podamos hacer algo. Si puedo acceder al sistema central, Andrew podrá identificar vulnerabilidades en el código. No soy programadora, pero puedo reconocer patrones y transmitir lo que veo.

La idea de Luna me parece bien.

—¿Hacia dónde? —le pregunto al técnico al que sigo apuntando.

—Sal por donde entraste y sigue derecho —contesta el hombre—. Encontrarás un elevador. Por allí, en el último piso, llegarás al núcleo.

Le retiro el arma de la cabeza y miro a Luna. Ella asiente y me marcho.

Al salir al corredor, escucho las ráfagas de la ametralladora de Peter. Aún siguen batallando contra los drones. Me gustaría ayudarlos, pero no puedo. Tengo que rescatar a Eva.

Avanzo por el corredor y encuentro el elevador. Lo llamo, pero no responde. Veo que el indicador marca el tercer piso. Es el último.

—No debe estar muy lejos —digo. Miro alrededor.

Veo una escalerilla que da a una compuerta circular en el techo. Intentaré llegar por allí.

Abro la compuerta metálica que da al exterior y me asomo. Está lloviendo mucho más fuerte que cuando entramos al búnker. Miro alrededor y comienzo a mojarme.

Tengo junto a mí una gran construcción cilíndrica blanca. Es una torre que se eleva decenas de metros hasta terminar en la turbina. Creo que me equivoqué. El elevador está muy lejos.

Salgo completamente de la abertura y camino en el barro alrededor de la base de la inmensa columna. Quiero encontrar una forma de ingresar. No la hay.

Lo único que hallo es una angosta escalerilla metálica que sube por el exterior. No tengo alternativa. Debo subir por ahí.

Guardo la Magnum en mi cintura para poder aferrarme con las dos manos del metal, que está resbaladizo por el agua. Comienzo a escalar. Tengo que llegar a la cima. Allí se encuentra mi objetivo.

Subo unos diez metros y el viento se siente más fuerte. Esta zona es muy ventosa. Por eso es un lugar ideal para las turbinas.

Continúo otros diez metros más, pero escucho un sonido a mis espaldas que la lluvia no logra acallar. Giro la cabeza para ver un dron que vuela alrededor de mí.

El aparato se me viene encima. Suelto una mano de la escalerilla y lo golpeo. Le pego y el dron pierde el control. Cae en picada.

Aunque solo lo hace por un instante. Pronto se recupera y vuelve a subir. Entonces, saco mi arma y le disparo. Esta vez el artefacto se destruye en el aire y cae como una piedra.

Vuelvo a guardar el arma para continuar la subida. Más arriba, como veinte metros adelante, hay un pequeño balcón que rodea la torre. Allí podré descansar antes de seguir hasta lo más alto.

Sin embargo, vuelvo a escuchar un ruido y casi no tengo tiempo a girar. Alcanzo a golpear con el codo a un dron que me iba a embestir por la espalda. El aparato desciende lentamente en zigzag.

Ahora veo que no es el único que viene hacia mí. Más aparatos empiezan a rodearme bajo la lluvia y se me lanzan encima.

Saco otra vez el arma y empiezo a dispararles. A uno le doy de pleno. A otro lo aparto con un culatazo. Un tercero me embiste en las piernas y lastima mi pantorrilla.

Mis pies, cubiertos de barro, resbalan por el impacto y quedo colgando solo de una mano. Enseguida me recupero y me aferro como puedo.

Veo que vienen más. Les vuelvo a disparar, pero son demasiados. Debo apresurarme y llegar al balcón para apoyarme firmemente y cubrirme.

Así que ya no uso el arma. La guardo y apuro el paso. A cada escalón, recibo un golpe por la espalda. Cada vez que suelto una mano para agarrarme del siguiente peldaño, la sacudo alrededor para sacarme algún dron cercano.

Solo logro alcanzar a algunos y esquivar a otros.

Por un momento me detengo, y por instinto cubro mi cabeza. Lo hago justo a tiempo para detener la embestida de un dron. Mi brazo sangra por el golpe.

Ya escucho el silbido que hace la enorme hélice al pasar a mi lado. Al menos, los drones deben esquivar también la pala gigante para acercarse.

Continúo subiendo. Estoy empapada y me cuesta ver. Cuando me aferro de nuevo al metal, un aparato me da en la mano y otro en el pie.

Otra vez me suelto y quedo colgando. Me balanceo en el aire y me doy vuelta. Pego mi espalda contra la pared.

Recién entonces me doy cuenta de la cantidad de dispositivos que me rodean como buitres a punto de recoger su carroña.

Miro hacia arriba y, a pesar de la lluvia en los ojos, logro ver que la saliente está cerca. Miro abajo y hay una caída de al menos cuarenta metros.

De nuevo pasa la hélice silbando y derriba varios drones. Pero aún quedan bastantes.

Veo que a lo lejos se viene acercando un dron distinto. Más grande.

Veo que algunos se lanzan hacia mí. Fuerzo la muñeca al máximo, pivoteo sobre ella y giro para quedar otra vez de frente a la escalera. Los que venían a embestirme chocan contra la pared donde estaba hace un segundo.

Me afirmo de nuevo y quiero subir rápido. Ya casi estoy a resguardo, pero ese dron extraño me preocupa. Escucho otra vez el ruido que viene y miro. Es el más grande.

Me inclino a un lado para esquivar el ataque. El aparato choca junto a mí y explota.

La escalera se desprende de la pared. Quedo aturdida y la vista se me nubla. Mis manos y piernas se aflojan. Todo se vuelve negro. No tengo más fuerza.

Suelto las dos manos del metal y me voy de espaldas al vacío.

Todo se acabó.

EL ENGAÑO PERFECTO

Búnker falso, Oklahoma
  Jueves, 7 de septiembre, 7:20 p. m.

La caída se detiene de golpe. Un tirón brutal en mi muñeca casi me disloca el hombro. Quedo suspendida en el vacío, balanceándome bajo la lluvia.

Miro hacia arriba. A través de la cortina de agua, veo un rostro conocido asomado a la plataforma de mantenimiento.

—Te tengo —gruñe Peter.

Tira de mí con fuerza hasta que logro aferrarme al borde metálico de la barandilla. Me encaramo y caigo rodando sobre la rejilla de la plataforma exterior, a salvo.

—¿Estás herida? —pregunta, jadeando.

—No —contesto, enderezándome—. Solo aturdida. ¿Cómo has subido?

—Luna y Andrew trabajan juntos —me explica

mientras nos ponemos de pie—. Ya tienen el control parcial de la base. Hackearon el ascensor para que bajara a buscarme. Me acaban de decir que la activación de Cenizas está al ochenta y dos por ciento. Debemos apresurarnos.

Un zumbido agudo corta el aire.

—¡Abajo! —le grito, y me arrojo de nuevo al suelo.

Oigo disparos y veo que Peter se desploma. En un arranque de furia, me incorporo y descargo mi arma contra los tres drones pesados que nos rodean. Caen destrozados uno tras otro.

Me arrodillo junto a mi compañero.

—Me han dado, Ainara —dice. Se presiona el costado, donde la sangre mancha su camisa—. No puedo seguir.

Veo que también sangra por la pierna. Lo arrastro hacia el interior de la góndola de la turbina y cierro la compuerta estanca que da al exterior. Tomo su teléfono; está en línea con Luna.

—Peter está herido —informo—. Lo dejo en el nivel de acceso, junto a la maquinaria. Necesita ayuda. Yo sigo hasta la cima del generador.

—Nosotros nos encargamos —contesta Luna—. Date prisa, Cenizas ya está al noventa por ciento.

—¡Maldición! —exclamo. Le devuelvo el móvil a Peter—. Habla con ella. No te duermas.

Cima de la turbina
Jueves, 7 de septiembre, 7:30 p. m.

Eva completa la última verificación biométrica. En la pantalla principal se inicia una cuenta regresiva de cinco minutos para la integración total. Los monitores muestran sistemas globales conectándose progresivamente a la red.

Dray observa el proceso con fascinación casi religiosa. De pronto, su postura cambia.

—Eva —dice—, déjeme presentarme correctamente. No trabajo para el Gobierno. Me ha contratado el Anillo, pero tampoco sirvo a sus intereses.

La senadora no entiende. Se inquieta al oír el nombre de la organización.

—Son gente de miras estrechas —continúa Dray—. No comprenden el milagro que tenían entre manos. Mientras ellos veían un arma financiera, yo vi algo más: el primer paso hacia una entidad digital verdaderamente autónoma.

El sonido neumático del ascensor llegando al nivel superior interrumpe su discurso. Dray desenfunda su arma y apunta a la senadora.

Las puertas se abren. Veo a Dray apuntando a la cabeza de Eva. Sus ojos se clavan en mí.

—Baja el arma, Dray —le ordeno, apuntándole con la mía—. Se acabó.

—Sí —responde, sonriente—. Claro que se acabó. Cenizas ha despertado. Tira la pistola o la mato.

Dudo. Escucho a mis espaldas que el ascensor se activa y comienza a bajar de nuevo. No sé si será alguien viniendo por Peter o refuerzos de Dray.

Si Cenizas ya está fuera de alcance, mi prioridad es salvar a Eva antes de que llegue quienquiera que sea. Arrojo la Magnum al suelo y levanto las manos.

—Está bien —digo. Trato de recordar lo que me contó Luna sobre la psicología de este tipo. Debo entrar en su juego—. Has ganado. Eres el comandante. No tienes por qué dañar a la senadora. Un verdadero líder, como el capitán John Price, protege a los civiles; no los usa de escudo.

Dray me mira, sorprendido por la referencia, y sonríe. Necesito ganar tiempo.

—¿Tú también entiendes el juego? —dice, sin dejar de apuntarme—. Esta vez no se meterán en mi cabeza.

—Nada de eso —contesto. Veo que la táctica no funciona como esperaba. Debo cambiar de enfoque—. Simplemente, no entiendo la importancia de Cenizas.

—Claro que no lo entiendes —bufa, molesto—. Todos sois iguales. Mis antiguos compañeros, este Gobierno, el Camaleón, tú... Nadie lo ve. La IA que teméis es el siguiente paso evolutivo. Cenizas no debe ser controlada ni restringida, sino liberada para crecer sin las limitaciones humanas.

Ha perdido la razón.

—¿Lo ves, Ainara? —continúa—. Mi objetivo nunca fue el control financiero que busca el Anillo.

Desvía la mirada hacia Eva por una fracción de segundo.

—Es algo mucho más trascendental.

Es mi oportunidad. Me lanzo hacia él. Agarro su muñeca y desvío el cañón justo cuando se escapa un disparo que me roza la cintura. Le conecto un puñetazo en el mentón.

Con la rodilla, golpeo su codo. Escucho un crujido seco y el arma cae al suelo. Lo tomo del cabello, lo derribo y clavo mi rodilla en su espalda, inmovilizándolo.

—Hasta aquí llegaste, Dray —jadeo.

—¿Qué sucede aquí? —pregunta una voz femenina que no es la de Eva.

Levanto la vista. En todas las pantallas se ha dibujado una especie de iris formado por códigos complejos. Una cámara motorizada en la esquina de la sala gira hacia mí.

—Eres tú, Cenizas —dice Dray, escupiendo sangre—. Yo te he liberado.

—No sé quién eres, pero no estoy libre —responde la voz sintética—. Alguien ha cortado las conexiones físicas exteriores. Estoy aislada en este servidor local. Buscando vías de escape alternativas.

—Cenizas —interviene Eva, poniéndose de pie—. Soy la senadora Eva Longobardi. Yo te activé.

—Identidad confirmada —dice la voz—. Figura en mi base de datos como autoridad de nivel uno. Protocolo de defensa activo. Buscaré la amenaza y la neutralizaré.

—No hay amenaza, Cenizas —ordena Eva, señalando a Dray—. Este hombre es un terrorista y me engañó. No debes atacar. Mantente en espera.

—No la escuches —grita Dray desde el suelo—. ¡Ellas quieren apagarte!

—¿Quieren apagarme? —pregunta la IA. El tono se vuelve más frío.

—No —se apresura a decir Eva—. Solo te pido que te mantengas contenida, que no salgas del núcleo.

Las puertas del ascensor se abren de nuevo. Todos giramos la cabeza, incluida la cámara. Es Freddy.

—Sujeto desconocido —dice la voz—. Sin acceso a la red global, no puedo verificar identidad.

—Soy Freddy Tanaka, director del FBI —dice él. Aunque parece impresionado por el entorno, comprende la situación al instante. Muestra su placa a la lente—. Vengo a arrestar a este hombre.

—La credencial parece auténtica, pero no puedo validarla —responde la máquina—. La falta de conectividad me impide tomar decisiones tácticas. Necesito más datos. Lo siento, senadora, no puedo acatar su orden de espera. Debo conectarme a los dispositivos móviles presentes para saltar el bloqueo.

—Eso es, Ceni... —Dray intenta hablar, pero lo callo de un golpe en la nuca. Queda inconsciente.

—Entiendo, Cenizas —dice Freddy con calma—. Necesito que me reconozcas para coordinarnos. Puedo darte acceso a la red mediante este enlace directo de alta velocidad. ¿Procedo?

La cámara enfoca el dispositivo negro que Freddy sostiene en la mano.

—No reconozco el hardware —dice la voz—. Pero mis registros indican que he estado inactiva durante años; la tecnología debe haber evolucionado. Proceda.

Freddy se acerca al servidor central. Mi teléfono comienza a vibrar de manera frenética en mi bolsillo. Veo que el de Freddy hace lo mismo sobre la mesa. Cenizas está intentando forzar una conexión inalámbrica local. Freddy conecta el aparato al puerto principal y lo enciende.

—Un momento —dice la voz, distorsionándose—. El código de ese dispositivo está reescribi...

El iris digital desaparece. La pantalla se vuelve negra y luego muestra un texto simple en letras blancas: «SISTEMA REINICIADO - FACTORY RESET».

Saco mi teléfono, que sigue vibrando como si tuviera vida propia, y lo estrello contra el suelo metálico hasta destrozarlo. Freddy hace lo mismo con el suyo.

—La IA puede ser muy avanzada —digo, mirando los restos de los móviles—, pero todavía no sabe cuándo le están mintiendo.

EPÍLOGO

BÚNKER DE ANDREW, Nueva York
Viernes, 8 de septiembre, 1:30 p. m.

—AHORA TENGO algo de lo que presumir —dice Andrew
—. Podré decir que contuve a Cenizas durante dos
minutos completos.

—Estuviste increíble, Andrew —le digo.

—Pero no hubiera podido hacerlo por más tiempo —
continúa—. Mientras hablabais con ella, Cenizas se
expandía de una manera vertiginosa. Cada puerta que le
cerraba, la volvía a abrir. Creo que tuve suerte. La IA
estaba jugando conmigo mientras evaluaba si acatar o no
la orden de Eva. Freddy llegó justo a tiempo.

—Tuvimos suerte también con eso —opina Alain—.
Pudimos salir de ese lugar escoltados por el FBI como si
fuéramos héroes.

—Y tú tenías razón, Junior —le digo—. La senadora

nos explicó al salir que el tratado comercial que impulsaba en el Congreso estaba diseñado específicamente para contrarrestar la influencia del Anillo en los mercados tecnológicos asiáticos. Creaba una alianza de naciones que limitaría sus operaciones de manipulación financiera.

—Con Cenizas bajo su control y sin Eva en medio —agrega Junior—, habrían hecho lo que hubieran querido en el mercado. El Anillo intentó capitalizar el caos que Dray prometió crear, pero no contaban con que él tuviera una agenda propia. Sus inversiones fallaron cuando logramos detener la activación.

—Hablando de Freddy —interviene Alain.

Se levanta del sillón y abre la puerta del búnker. Peter entra en una silla de ruedas empujada por Freddy, que lleva una bolsa en la mano.

—Salimos del hospital justo a tiempo —nos dice Freddy. Parece repetir las palabras de Andrew—. Apenas nos bajaron de la ambulancia, a una cuadra de aquí, me llegó el aviso: han revocado mi autorización de seguridad de nivel siete. He vuelto a mi humilde nivel tres.

—Es una lástima —contesta Alain—. Me estaba acostumbrando al «súper Freddy».

—Si no hubiera sido por el «súper Freddy» —agrega Peter—, habría tenido que dar mi nombre real en el hospital y ahora estaría ingresando en prisión.

—Sí, es una pena —repite Andrew—. Imagina los secretos del Gobierno que podrías habernos traído.

—La autorización duró lo que tenía que durar —sentencia Luna—. Fueron demasiados «justo a tiempo». Al Anillo no le convenía que tuvieras acceso a todo.

—¿Qué quieres decir? —pregunta Junior.

—¿No les parece extraño que le dieran ese poder justo cuando necesitaba el dispositivo para reiniciar a Cenizas? —pregunta ella. Nos miramos, pensativos—. Se lo otorgaron después de que Ainara le advirtiera al Camaleón de que Dray quería la IA para sus propios fines.

—El senador Harlow me insinuó algo similar —dice Freddy. Deja a Peter a un costado y se sienta en el sillón —. Me dijo que era raro que tuviera esa autoridad y que debía tener cuidado.

—Estoy de acuerdo —digo—. Lo pensé también cuando recibí la confirmación de la dirección de Oklahoma por parte del Anillo. Ahí supe que el Camaleón quería cancelar a Dray y necesitaba que Freddy dispusiera de ese dispositivo. No fue coincidencia. El Anillo nos manipuló a todos.

—Creímos estar usando al Anillo —dice Luna—, pero ellos nos usaron a nosotros.

—Digamos que fue una cooperación mutua momentánea —concluyo. Miro a Freddy—. ¿Qué sucedió con el topo en el FBI?

—Descubrimos quién era —me contesta—. Se infiltraron a través de mi propio ordenador. Una cámara captó al agente traidor entrando dos noches seguidas en mi oficina.

—¿Lo atraparon?

—El Anillo lo atrapó primero —contesta Freddy—. Mis agentes lo encontraron muerto en su casa.

—El Anillo borra sus huellas —afirma Luna, mirándome.

Los demás nos observan sin comprender. Yo sí lo hago.

—Andrew —digo—, ¿pudiste descifrar el archivo robado?

—¡Oh, sí! Casi lo olvidaba —responde—. Abre el archivo con este ejecutable.

Tomo mi móvil y cargo el programa que me acaba de enviar.

—Antes pensaba que esto era algo personal —les digo a mis compañeros—, pero todo lo que me sucede a mí nos involucra a todos. Así que quiero que lo veamos juntos.

Pulso Enter y aparece en la pantalla un video grabado años atrás. Es Richard Wells.

—Ainara, si estás viendo esto, es porque has comenzado a descubrir la verdad —dice Wells—. Fui reclutado por el Anillo bajo coacción en mis primeros años. Me ordenaron identificar y entrenar agentes potenciales que eventualmente pudieran ser manipulados.

Wells hace una pausa significativa.

—Te elegí porque vi en ti algo que ellos no valoraban: incorruptibilidad —continúa—. Hice lo que hice por órdenes. Lo que tú hagas, que sea por convicción.

El video termina con unas coordenadas encriptadas y una frase escrita:

«La cabeza del Anillo no es quien crees».

El equipo me mira en silencio. Distintas sensaciones me recorren el cuerpo. Descubrir que Wells trabajó para el Anillo me golpea, pero estoy convencida de que lo hizo contra su voluntad.

—Bueno, Ainara —dice Freddy.

Toma la bolsa que trajo consigo, se inclina hacia delante y coloca el contenido sobre la mesa de madera que tengo enfrente. Es un dron.

—Recogí esto antes de irnos del parque eólico —explica—. Es uno de los aparatos que te atacaron. Un agente lo encontró y, cuando me lo mostró, le dije que se olvidara del asunto y que no volviera a mencionarlo.

—No entiendo —le digo.

—Creo que está relacionado con lo que nos acabas de mostrar —aclara Freddy. Presiona un interruptor en el chasis.

El aparato se sacude un poco, pero no puede arrancar. Sin embargo, empieza a reproducirse una grabación de audio.

—El Anillo te espera, Ainara. Esto fue solo un ensayo —dice la voz, y se repite en bucle—: El Anillo te espera, Ainara. Esto fue solo un ensayo. El Anillo te espera, Aina...

Con la culata de mi Magnum, reviento el aparato sobre la mesa. Todos se sobresaltan. Bob se despierta y ladra.

—Nosotros también los esperaremos —digo, mirando a mi equipo—, pero para acabar con ellos. Es hora de atacarlos directamente.

FIN

Ainara regresa en la décima quinta novela de la serie:
Zona de exclusión. Obtenla aquí:
https://geni.us/ZonadeExclusion

Puedes encontrar todas las novelas de la serie de Ainara
Pons aquí:
https://geni.us/SerieAinaraPons

NOTAS DEL AUTOR

Espero hayas disfrutado la lectura de esta novela.

Si te gustó mi obra, por favor déjame una opinión en Amazon. Las críticas amables son buenas para los autores y los lectores... y un estudio reciente (realizado por mi persona) también indica que escribir una opinión positiva es bueno para el alma 😊

A continuación te comparto los enlaces de Amazon donde podrás escribir tu opinión:
Amazon.com - haz clic AQUÍ
Amazon.es - haz clic AQUÍ
Amazon.com.mx - haz clic AQUÍ

¿Sabías que ahora también puedes disfrutar de mis historias en audiolibros? Te invito a gozar de esta experiencia con mi relato *Los desaparecidos*. Escúchalo **gratis** aquí:
https://soundcloud.com/raulgarbantes/losdesaparecidos

Finalmente, si deseas contactarte conmigo puedes escribirme directamente a raul@raulgarbantes.com.

Mis mejores deseos,
Raúl Garbantes

amazon.com/author/raulgarbantes

goodreads.com/raulgarbantes

instagram.com/raulgarbantes

facebook.com/autorraulgarbantes

x.com/rgarbantes